SERENA GIULIANO

MAMMA MARIA

le cherche midi

MIXTE
Papier issu de sources responsables
FSC® C003309

L'éditeur de cet ouvrage s'engage dans une démarche de certification FSC® qui contribue à la préservation des forêts pour les générations futures.

Pour en savoir plus :
www.editis.com/engagement-rse/

ISBN : 978-2-266-31288-2
Dépôt légal : mars 2021

Vi siete mai chiesti cos'è il caffè ? Il caffè è una scusa.
Una scusa per dire a un amico che gli vuoi bene.

« Vous êtes-vous déjà demandé ce qu'est le café ?
Le café est une excuse. Une excuse pour dire
à un ami que tu l'aimes. »

Luciano De Crescenzo

Son diventato sai il tramonto di sera
E parlo come le foglie d'aprile
E vibro dentro ad ogni voce sincera
E con gli uccelli vivo il canto sottile
E il mio discorso più bello e più denso
Esprime con il silenzio il suo senso

« Je suis comme le coucher de soleil,
et je parle telles les feuilles d'avril.
Je vibre dans chaque voix sincère
et je vis au rythme du chant léger des oiseaux.
Mon discours le plus beau et le plus riche
s'exprime à travers le silence. »

« *L'arcobaleno* », Adriano Celentano

À mon mari,
18.

1

Sofia

« Ahhh, elle est là, mon soleil ! Bonjour, ma beauté. Tu vas bien ? Qu'est-ce que je te sers ? Comme d'habitude ?

— Oui, merci, Maria. »

Je lui réponds en me hissant sur le comptoir pour claquer un gros baiser sur sa joue dodue et j'ajoute :

« Je m'installe dehors, il fait trop beau !

— Je t'apporte ton café tout de suite. »

Je suis la première aujourd'hui. Étrange. Habituellement, Franco est déjà là.

Ce vieux monsieur de 82 ans se lève à 5 heures chaque jour ; il arrose son jardin, arrache les mauvaises herbes, dorlote son potager, puis il vient au bar prendre son café. Depuis que sa femme est morte, l'année dernière en emportant avec elle leur rituel du matin, c'est ici qu'il vient trouver la force de démarrer une nouvelle journée.

Je m'inquiète de ne pas le voir. Avec les copains, on est un peu devenus les enfants et les petits-enfants qu'il n'a jamais eus. On fait attention à ce qu'il ne manque de rien, à ce qu'il aille bien chez le docteur renouveler son traitement mensuel, à ce qu'il ne mange pas trop de beignets et, surtout, à ce qu'il ait toujours un peu de compagnie au quotidien.

Je demande à Maria qui m'apporte mon *espresso* :

« Il n'est pas là, Franco ?

— Pas encore. S'il ne débarque pas avec son vieil engin à trois roues dans trente minutes, j'envoie Giovanni chez lui voir ce qu'il fabrique.

— Merci. Hey !… C'est quoi ce croissant ?

— Cadeau de la maison, pour te remplumer un peu. »

Je fais la moue, repousse la petite assiette, prends mon air le plus mignon et tente de la convaincre.

« Tu es adorable, Maria *mia*, mais tu sais bien que je ne mange jamais le matin. Promis, je n'ai absolument pas faim. Et je prévois un gros déjeuner à midi… »

Échec total.

« Je ne veux rien savoir. Force-toi ! On dirait un moineau. Si ta grand-mère te voyait – que Dieu ait son âme –, elle te gaverait comme une oie. Et puis tu travailleras mieux le ventre plein. *Mangia !* »

Elle ne me laissera pas en paix tant que je n'aurai pas avalé quelque chose.

Après avoir vécu huit ans en France – et avoir goûté aux vraies viennoiseries –, il m'est pourtant difficile de revenir à ce type de… euh… truc.

Gras, fourré à la marmelade.

Et puis la taille !

Avec ce *cornetto*, il y a de quoi nourrir douze personnes et faire grimper en flèche mon cholestérol de moineau !

J'en picore un petit bout pour faire illusion.

J'ai l'impression de mâcher Bob l'éponge.

Hier, je n'ai rien écrit. Je suis restée plantée là quatre heures, et je n'ai pas accouché d'un seul mot. Je dois rendre la première partie de la traduction du roman mercredi dernier, à peu près…

Ceci dit, j'ai trouvé un autre moyen de m'occuper. J'ai joué aux cartes – à scopa, plus précisément – avec mes trois retraités préférés : Luciano, Ugo et Franco.

Je ne gagne absolument jamais. Ils ont une vie d'expérience derrière eux et, franchement, Luciano est imbattable. Le meilleur joueur de scopa de l'univers. Même les deux autres sont agacés. Mais j'adore ce jeu, et j'adore ces trois-là.

Ils m'appellent *nenné*. Un son si doux pour dire « petite » en napolitain. Ils m'acceptent dans leur bande et me racontent toujours un tas d'histoires passionnantes.

Aujourd'hui, je leur dirai que je ne peux vraiment pas jouer.

Non, vraiment, pas la peine d'insister.

Non, non ! Pas même une seule partie.

Bon, peut-être une toute petite alors…

2

Maria

Je suis soulagée, elle mange un peu. Il faut dire que j'ai sorti l'artillerie lourde : évoquer le souvenir de sa grand-mère que j'ai bien connue. Après ça, elle ne pouvait rien me refuser. C'est un coup bas, je l'avoue, mais je le fais pour son bien ; elle est maigre comme un clou.

Ça, c'est depuis qu'elle a vécu à Paris. Il paraît qu'on ne se nourrit que de soupes, là-bas. Des soupes, tu parles… Ce n'est pas à manger, c'est à boire ! Et ce n'est pas avec du liquide qu'on se maintient en forme, surtout à son âge.

Elle a bien fait de rentrer à la maison.

Il faut des pâtes, pour vivre. Il faut des lasagnes, de la friture, du gras, de l'eau de mer et du soleil. Sinon, la vie ne vaut même pas la peine d'être vécue.

Je sors mon portable de mon tablier pour appeler mon petit-fils. Je peste contre cet écran tactile qui ne marche jamais quand j'ai les doigts mouillés. Quelle idée ils ont eue de m'offrir ce truc à mon âge. Un iPhone. À 65 ans ! Je n'y comprends rien, ce n'est vraiment pas pratique. Rendez-moi mon téléphone à touches !

« Allô, Giovanni ? Oh, Giogio, tu m'entends ? C'est mamie ! Va chez Franco voir si tout va bien. Il est 8 h 30, et on ne l'a pas encore vu ici. Comment ça, tu dors ? T'as pas cours, toi, ce matin ? T'as mangé ? Pourquoi t'as pas mangé, hein ?! Et ta mère, elle est où ? Bon, je m'en fiche… Non non, je ne veux rien entendre, lève-toi tout de suite, file chez Franco, et puis, bon Dieu, viens ici que je te nourrisse ! »

Tenir un bar dans ce tout petit village depuis plus de quarante ans, c'est un peu devoir être la *mamma* de tout le monde.

Voilà, j'ai sept cents enfants. Plus du triple en été, lorsque certains touristes avisés – de ceux qui n'ont pas peur de sortir des sentiers battus des guides (où l'on sert le café trois fois plus cher que chez moi) – découvrent notre petit paradis avec vue sur la mer. Et je peux vous dire que de s'inquiéter pour autant de monde au quotidien, c'est bien plus fatigant que de faire le service, nettoyer, s'occuper des commandes et de la comptabilité !

C'est à cause de ce rôle de « mère du village », d'ailleurs, qu'on a baptisé ce bar « Mamma Maria ». Je n'étais pas vraiment convaincue, mais je dois admettre que cette chanson des Ricchi e Poveri me fait remuer du popotin dès les premières notes et me met de bonne humeur. Elle est d'ailleurs la seule exception à ma playlist cent pour cent Celentano.

En vérité, des enfants, j'en ai mis au monde qu'un seul, à 28 ans : Pino.

Mon Pino.

Giuseppe, comme mon père, sur ses papiers d'identité. Mais personne ne l'a jamais appelé comme ça.

C'est Pino, un point c'est tout.

Aujourd'hui, il faut que je nettoie mon petit frigo. J'ai mal au dos rien que d'y penser. Mais vous ne m'entendrez jamais me plaindre à voix haute. Pour que tout le monde me dise qu'il est temps que je prenne ma retraite ? Et puis quoi encore ? Autant me tuer tout de suite !

« Mariiiiii'…

— J'arrive !

— Mariiiiiiiiiiiiiiaaaaaa.

— OUI, UGO, JE SUIS LÀ, DEUX MINUTES !

— Mariiii' ? T'es où ? T'as le journal et les cartes ? Elle est où, celle-là, encore ? »

J'hésite à lui répondre « Dans ton cul ». De toute façon, Ugo est sourd. Mais vraiment.

Sa famille a bien essayé de l'équiper d'un appareil auditif, mais lorsqu'il a vu le prix, il a dit qu'il tenait plus à sa maigre retraite qu'à entendre les bêtises des gens. On a voulu se cotiser pour lui en acheter un, sauf que, en apprenant notre projet, il nous a menacés avec sa canne en hurlant qu'il n'avait pas besoin de notre charité.

Alors on crie pour lui parler.

Quel cirque !… Comme si les Italiens ne parlaient pas déjà assez fort en temps normal.

3

Sofia

Le bruit d'un scooter me fait lever les yeux de ma page blanche.

Je souris au jeune homme qui enlève son casque. Ce n'est pas possible d'être aussi beau. L'allégorie de la classe italienne.

Mon cousin Antonio s'approche et m'embrasse sur le front.

« *Ciao bella*, t'es déjà là ?

— Qu'est-ce que tu crois ? J'ai un vrai travail, *moi.* »

Il jette un œil à mon écran et ricane.

« Ah oui, je vois ça, dis donc. Tu dois frôler le burn-out ! »

Je lui tire la langue en guise de réponse. Il entre dans notre bar préféré, et je l'entends embêter Maria comme chaque jour.

Bon, allez, cette fois, je me mets au boulot.

Il faut dire qu'en ce moment je traduis un manuscrit qui ne me passionne pas du tout. C'est niais à souhait et totalement improbable. Pour la faire courte : une Italienne débarque à Paris et tombe sous le charme d'un jeune homme qui lui sourit dans le métro. (L'auteur n'a jamais dû mettre les pieds dans la capitale : personne ne sourit dans le métro ! Bref.) Évidemment, le coup de foudre est immédiat – on apprendra plus tard que le bellâtre en question est un riche héritier à la recherche d'une femme « normale ». Un chic type qui a une passion pour la plèbe, visiblement. Grâce à sa fortune, ils partiront en voyage de noces sur Mars. *No comment.* Mais ça a eu un succès fou en Italie, alors bon... je traduis !

Ce qui ne m'empêche pas d'adorer mon travail. Il me permet de réunir deux de mes passions : la littérature et le français.

J'ai découvert cette langue au collège ; j'avais un professeur particulièrement nul, mais quand je l'entendais parler français – même avec son accent pourri –, ça me rendait toute chose.

Je suis donc tombée amoureuse, dans l'ordre : de la langue, du pays... Et puis de Jérôme.

Mais ça, c'est une autre histoire.

J'aime la liberté que le métier de traductrice me laisse. Je travaille où je veux. Le plus souvent ici, chez Maria. L'ambiance qui y règne est parfaite. J'écris au son des petites tasses qui s'entrechoquent, des klaxons, des cris de Lucia qui vend des fruits juste en face et qui ordonne aux passants de venir les lui acheter... Je ne pouvais rêver plus beau bureau.

J'y ai même ma chaise attitrée, la seule avec un coussin que Maria a cousu elle-même. Et parce qu'elle a le sens du détail, elle a choisi un tissu imprimé « tour Eiffel ».

« Comme ça, tu la verras tous les jours, et tu n'auras pas envie de repartir dans ce foutu pays où ils n'ont même pas de bidet ! Dis-moi : à quoi ça sert d'avoir un des plus beaux monuments de la Terre quand on n'a pas de bidet ?! »

Il n'y a pas à dire, je suis à mille lieues de mon studio parisien tout sombre. (Qui, effectivement, n'avait pas de bidet. J'étais déjà contente d'avoir des toilettes !)

Un mail de Benoît me sort de mes pensées et fait instantanément naître un sourire sur mes lèvres.

De : Benoît
À : Sofia

Hello *Honey* !
Comment tu vas ?
Ici, au bureau, c'est la course. Et puis j'ai en charge un nouveau stagiaire, qui a le QI d'une moule. (Certains matins, il en a aussi l'odeur. OMG, une torture !) Mais tout ça ne m'a pas empêché de t'envoyer un colis avec nos nouveautés. J'espère que tu aimeras ! Et j'attends ton retour sur le dernier épisode de *Big Little Lies*. (Nicole Kidman est une reine absolue, on est d'accord ?)
Je t'embrasse.

Benoît est mon petit rayon de soleil parisien. Il bosse dans une maison d'édition, avec laquelle je travaille. Et, entre nous, ça a été un coup de foudre amical immédiat. Nos soirées Netflix, nos bières blanches au bistro près du bureau, et nos séances de commérages quotidiennes font partie des choses que j'aurais aimé emporter dans mes valises.

Mais rentrer en Italie est la meilleure décision que j'ai prise depuis des années.

Tout ici me manquait.

4

Maria

♪ *Questa è la storia, di uno di noi, anche lui nato per caso in via Gluck, in una casa, fuori città, gente tranquilla che lavorava. Là dove c'era l'erba ora c'è una città...* ♪

Ils vont encore râler : j'ai mis ma playlist préférée – ma seule playlist, en fait. J'avais demandé à Giovanni de me la faire ; je n'ai qu'à appuyer sur la petite flèche et, par je ne sais quel miracle, le son arrive dans les haut-parleurs du bar.

Parce qu'on n'a jamais rien fait de mieux dans la vie que les chansons d'Adriano Celentano.

Jamais.

Alors je l'écoute en boucle. Il berce mes joies et mes peines, il me donne la pêche, et il me soigne. Adriano, je l'aime ; tout le monde le sait. Au milieu des photos de famille exposées derrière moi, juste à côté du mur de cartes postales, il y a un grand portrait de lui. Il fait partie de ma vie depuis toujours. Pour lui, je quitterais tout – sauf mon mari, quoique. Je suis sûre qu'il aurait pu tomber amoureux de moi.

Bon, pas aujourd'hui, bien sûr, mais avant, quand j'étais belle et mince.

(Bon, quand j'étais belle – car je n'ai jamais été mince, soit. J'ai toujours beaucoup trop aimé la *parmigiana*. Mais toute cette friture m'a donné un derrière de compétition qui a filé des torticolis à plus d'un homme !)

« Mariiiiii' encore avec Adriano ? Tu veux pas mettre la radio ?

— Antò, ici, c'est mon bar, je fais ce que je veux ! Et si t'es pas content, tu vas prendre ton café ailleurs. Et bonne chance pour en trouver un aussi bon !

— Mais si je ne venais plus, tu t'ennuierais…

— Ça me ferait des vacances, tu veux dire ! Tiens, ton café. C'est quoi ces cernes ? T'es encore rentré à l'aube, toi. Ah, vous les jeunes, j'aimerais avoir votre santé. T'étais où ?

— J'ai assez de ma mère qui me pose des questions, Mari', s'il te plaît. Tu sais que je suis un grand garçon, hein ?

— Grand garçon ? C'est ça. Tu pues encore le lait. Allez, va prendre l'air dehors, il fait beau ! Je dois nettoyer.

— Je t'adore, Maria *bella*.

— Ouais, c'est ça ! File, laisse-moi chanter. »

♪ *Mio caro amico disse, qui sono nato e in questa strada ora lascio il mio cuore, ma come fai a non capire, è una fortuna per voi che restate a piedi nudi a giocare nei campi, mentre là in centro io respiro il cemento.* ♪

Le matin, en pleine semaine, mon petit bar est plutôt calme. J'ai mes habitués, que je peux ranger dans trois catégories. Il y a ceux qui viennent prendre leur petit déjeuner avant de filer au boulot ; il y a les écoliers, petits et grands, avec ou sans parents, qui commandent un *cornetto* pour le glisser dans leur sac ; et puis il y a mes petits vieux, qui s'installent pour tuer le temps qui leur reste avant que ce soit le temps qui les tue, eux.

Ce que j'aime, ici, c'est qu'il n'y a pas de barrière de générations ; on est une famille. Les enfants ne manquent pas de faire un bisou ou d'apporter un dessin à mes retraités, les plus grands leur racontent leurs premières amours, et ils reçoivent en retour des conseils sages, moins sages, et des petites tapes dans le dos. C'est un lieu de rencontres, un lieu d'échanges.

Mon bar, c'est mon endroit favori. Il y a tant d'amour entre ces murs. Ça les tapisse de bonheur. Et puis la plage juste en face… Et le bruit des vagues pour m'échapper quand tout ce brouhaha envahit les lieux.

Le plus dur, ce n'est pas de travailler, quand on fait un tel métier. Le plus dur, c'est de fermer ma petite boutique le soir, et de devoir rentrer chez moi.

5

Sofia

Je vois Giogio arriver en courant, et je n'aime pas du tout ça. Il fait signe au loin. Il essaie de nous dire quelque chose. Lorsqu'il déboule sur la terrasse, il semble perdu.

« C'est Franco », dit-il en essayant de reprendre son souffle.

On est tous pendus à ses lèvres.

Sa grand-mère le prend par le col, avec toute la douceur qui ne la caractérise pas, et le secoue :

« QUOI, FRANCO ? Parle, parle !

— Je ne sais pas, *nonna*. Il s'est enfermé chez lui. Il dit qu'il ne peut pas sortir, qu'il est très occupé, mais qu'il veut à tout prix te voir toi, Sofia.

— Moi ? Mais pourquoi ? Il a besoin que je lui apporte quelque chose ?

— Oui, trois *cornetti* et un pot de glace au chocolat. Il paraissait un peu bizarre. Il n'a pas voulu m'ouvrir la porte. Vous croyez qu'il perd la boule ?

— Oh non ! Cet homme est plus lucide que nous tous réunis. On perdra tous la raison avant lui, déclare Maria. Je vais aller lui préparer tout ça, mais je nierai toute responsabilité devant le docteur en ce qui concerne son diabète… »

Antonio me propose de m'accompagner en Vespa. Je remballe mon ordinateur, m'empare du sac de vivres demandé par Franco, et nous partons.

J'aime toujours autant parcourir mon village en deux-roues. Les rues ont été conçues pour ça. Étroites et fraîches, à l'ombre du linge qui sèche aux fenêtres.

Mon cousin klaxonne, tout le temps.

En Italie, on parle avec les mains et avec son klaxon. On s'en sert pour dire bonjour, pour signaler son arrivée dans un virage trop serré, pour inciter quelqu'un à rouler un peu plus rapidement… Dans ce dernier cas de figure, on ajoute un poétique *« e jamm bell ! »* exaspéré – expression napolitaine qui encourage la personne à se bouger… et vite !

Cela fait partie de notre quotidien, c'est une musique de fond. Elle se mélange au bruit de la mer et aux cris du poissonnier.

Antonio me dépose devant la vieille maison de Franco et part travailler. Je prends une minute pour observer l'endroit.

Je ne suis jamais entrée chez lui. Je côtoie toujours Franco chez Maria. C'est un personnage du bar à part entière, il fait partie des meubles. Il y a les machines à granité, à café, le comptoir, le frigo des glaces, les tables en terrasse, le portrait d'Adriano Celentano, et Franco. Avec sa *coppola*, son éternel béret, et son doux sourire édenté. On a même du mal à concevoir qu'il ait une vie en dehors. Comme lorsque j'étais écolière et que j'imaginais que ma maîtresse vivait dans la classe.

Sur la rue, sa maison est tout en hauteur. Elle me rappelle mes dessins d'enfant. Un toit, une porte, une fenêtre. Pas de superflu.

Je me demande comment elle tient encore debout. Sur la façade, on peut remarquer des stigmates du tremblement de terre de 1980. Les personnes touchées avaient été indemnisées, à l'époque. Mais Franco nous avait confié s'être servi de l'argent pour s'acheter son *tre ruote*. Son bolide à trois roues, Ape, bleu. Qu'il bichonne depuis comme si c'était son fils.

Je sonne à l'unique sonnette, estampillée « *Signor* Franco Fortunato ». Je l'entends s'approcher de la vieille porte en bois et crier :

« C'est qui ?! »

— C'est moi, Franco. Sofia !

— Et comment je sais que c'est toi ? »

Ça commence bien…

« Franco, je ne sais pas… Tu devrais… l'entendre à ma voix ? »

Il ouvre, la mine grave.

« Tu as les croissants et la glace ?

— Oui, mais qu'est-ce qui se passe ?

— Entre, *nenné*, entre. Tu ne vas pas en croire tes yeux. »

6

Maria

J'ai servi cinq cafés, emballé trois beignets à emporter, nettoyé mon frigo, essayé d'être le moins désagréable possible avec ma belle-fille au téléphone, nourri son fils convenablement, écouté deux fois *« L'emozione non ha voce »* en me servant du balai comme micro, dit à Luciano d'aller se faire voir quand il m'a invitée à changer de musique, réceptionné ma livraison du jour, mis en place les *pizzette* pour l'apéro de midi, hurlé à Lucia, la maraîchère, de me préparer mes légumes pour le déjeuner – je vais cuisiner un risotto aux asperges –, et j'ai balayé ma terrasse.

La matinée a été plutôt productive.

Je me demande ce que fait Sofia.

Elle est peut-être rentrée directement chez elle après être passée chez Franco ?

J'ai un étrange pressentiment. Et je peux vous dire que mon sixième sens est aussi développé que les bonnets de mon soutien-gorge – G, pour les connaisseurs. Je me trompe rarement.

Je prends une pause et une boule de glace *al caffé* face à la mer. Je savoure chaque jour la chance que j'ai de vivre dans un aussi joli tableau.

Le printemps est ma saison préférée. Tout le monde retrouve le sourire en même temps que le soleil. On profite de l'air encore clément, avant les grosses chaleurs estivales où chaque mouvement coûte trois litres de sueur. Les enfants délaissent leurs manteaux ; le matin, ils sont beaux dans leur uniforme d'écolier. On dirait une petite armée qui part conquérir le monde du savoir.

Avec les beaux jours, le groupe des marcheuses reprend du service. Elles sont cinq, dont la *zia*, la tante de Sofia, avec leurs hauts rose bonbon et leurs bâtons, à sillonner la côte amalfitaine à pied. Elles partent le matin et rentrent en fin d'après-midi. Plusieurs fois par semaine. Au retour, elles s'arrêtent toujours chez moi pour leur récompense : un *gelato* énorme qui leur fait reprendre toutes les calories perdues en chemin.

Elles ont la cinquantaine en moyenne. Elles ont passé toute une vie à prendre soin de leurs maris et de leurs enfants. Comme leur mère et leur grand-mère le leur avaient appris. Sauf qu'aujourd'hui les enfants ont pris leur envol ; ils sont devenus grands et, pour certaines des marcheuses, il n'y a même plus de mari. Ils sont morts ou allés voir ailleurs s'ils y étaient. Elles n'ont jamais travaillé en dehors de leur maison, alors elles se retrouvent en tête à tête avec elles-mêmes. C'est pourquoi elles se sont réunies et ont décidé de marcher ensemble.

Chaque destination est un but. Chaque arrivée une victoire. Chaque paysage donne un sens à leur vie.

Elles ont vu plus de choses depuis la création de leur club il y a deux ans qu'au cours de toute leur existence.

Elles marchent aussi pour pouvoir manger toutes les bonnes choses qu'elles continuent à cuisiner sans trop culpabiliser. Elles marchent pour occuper leurs pensées, elles marchent pour combler ce vide que l'amour, la maternité et la vie ont laissé dans leur cœur.

Elles marchent pour elles. Enfin.

7
Sofia

Elle doit avoir 25 ans. Elle a un ventre rebondi avec de la vie dedans. Elle observe son fils de 2 ans engloutir la glace au chocolat. Comme tout enfant de cet âge qui se respecte, il s'en met jusque sur le front. J'aperçois un éclair de tendresse maternelle dans son regard lorsqu'elle essuie de sa main délicate les joues rebondies du garçon.

Elle est terrorisée. Maigre à faire peur. Sale. Elle a quelques blessures à la jambe et elle n'a pas de chaussures, malgré le long chemin qu'elle a parcouru.

Son petit m'offre un sourire que seule l'enfance peut fabriquer. Ses dents minuscules sont un éclat de lumière. Comme lorsque le matin on ouvre les persiennes et que le soleil emplit la pièce. Tout est rond chez lui : sa bouche, ses yeux, son visage.

Ce matin, quand Franco est descendu dans son jardin comme chaque jour, il les a trouvés dans son poulailler. Frigorifiés, affamés, apeurés. Il les a ramassés en même temps que ses œufs frais.

Elle parle français. C'est pour ça qu'il voulait que je vienne.

Elle s'appelle Souma. Elle est libyenne. Épuisée.

C'est tout ce que je sais.

Ses mains tremblent, ça nous fait un premier point commun.

Je n'ai pas envie de la questionner, pas envie de lui demander comment elle a atterri dans le jardin de Franco. Pour le moment, je veux juste essayer de la rassurer.

« Je vais les cacher ici, me dit le vieil homme. Je suis seul et je n'ai pas de voisins. Personne ne les verra. En attendant de trouver une solution. Mais je vais avoir besoin de ton aide… »

Je fais oui de la tête. J'essaie de réfléchir à toute vitesse.

Bien sûr que je vais l'aider.

Franco me met en garde.

« Nous n'allons pouvoir faire confiance à personne, Sofia. Tu le sais, hein ? À personne ! »

Il me dit ça en me secouant un peu. Mon cœur se fissure comme sa maison.

Aux dernières élections, l'extrême droite est arrivée au pouvoir en Italie. Depuis, le racisme a envahi nos vies comme un tsunami de boue.

Avec un ministre de l'Intérieur qui a pour slogan « Rentrez chez vous ! », qui confond islam et terrorisme, qui accuse les migrants de tous les maux dont souffre l'Italie, les langues se sont déliées. Aujourd'hui, au travail, au bar, dans la rue, beaucoup revendiquent cette haine de l'autre comme ils brandiraient un étendard.

Être raciste, c'est devenu tendance. Et vu tout ce que j'entends et lis, c'est à croire que nombreux étaient ceux qui gardaient cela au fond d'eux depuis longtemps. Désormais, notre gouvernement leur permet de vomir toute cette bile publiquement. Et c'est à moi que ça file la nausée.

Près de quarante pour cent de notre village a voté extrême droite. Je me fige à cette pensée. Plus d'une personne sur trois. Tous ces gens qui vont à l'église chaque dimanche prier un Dieu qui leur apprend tolérance et amour. Si ce n'était pas aussi dramatique, ça me ferait rire.

Je ne suis pas stupide : l'Italie est assez seule face à l'afflux de migrants, et oui, il faut trouver de vraies solutions aux drames de ces personnes qui, au péril de leur vie, décident d'aller chercher refuge ailleurs… Je n'ai pas la recette miracle, mais je suis certaine, en revanche, qu'elle n'a rien à voir avec la façon dont nous les traitons en ce moment : en les laissant mourir en mer.

Je regarde Souma et son petit garçon.

Je me demande quelle personne au cœur creux il faudrait être pour leur refuser de l'aide.

Je remercie Dieu de les avoir envoyés dans le poulailler d'un homme encore pourvu d'amour pour son prochain, même lorsque ce prochain vient d'ailleurs.

« Je vais aller chez moi prendre des vêtements. Et je vais cuisiner. Il va falloir qu'on leur donne autre chose que des croissants et de la glace à manger ! Lorsque je serai de retour, tu iras chez Maria rassurer tout le monde, Franco. Ton absence va paraître suspecte, sinon, et ils vont finir par tous débarquer chez toi. Souma, vous êtes en sécurité, ici. Tu me comprends ? »

Elle me fait oui de la tête.

« Comment s'appelle ton petit garçon ?

— Mustafa », me dit-elle dans un murmure.

Elle pose la main sur son ventre et ferme les yeux.

Je ne peux même pas imaginer son calvaire.

J'ai simplement eu la chance de naître du bon côté.

8

Maria

« Franco ! Il était temps. Tu étais où ? Et Sofia ?

— Oh là là… Bonjour à toi aussi, madame la commissaire ! Dis, je prendrais bien un bitter pour l'apéro. Tu veux bien me servir ça au lieu de me questionner, pendant que je mets une branlée à scopa à mes copains ?

— Un bitter. Après les trois croissants et la glace au chocolat ? Tu plaisantes, j'espère. Je vais te faire un thé, plutôt.

— Un thé ? J'ai l'air malade ou je porte un kilt ? Tu veux ma mort, Maria ! »

Il rit, s'installe à la table, allume une cigarette et commence à distribuer les cartes.

« Arrête de bouder, viens jouer avec nous. Je préfère quand on joue à quatre. »

Plus ils vieillissent, plus ils retombent en enfance. Parfois, ils m'exaspèrent.

Je décide de lui servir son bitter avec une tranche d'orange, comme il aime, et de m'attabler avec eux, histoire de lui tirer les vers du nez.

« Bon, tu vas nous dire ce que tu lui voulais, à Sofia ?

— Mais rien. Rien. Je voulais…

— Quoi ? Tu lui voulais quoi, à la petite ?
— J'ai envie… d'aller à Paris ! Voilà.
— Pardon ?
— Bah quoi ? J'ai pas le droit ?! Tu crois que je suis trop vieux pour voyager ?
— Mais non. C'est juste que tu n'as jamais quitté l'Italie, Franco !
— Et alors ? Justement ! Mieux vaut tard que jamais. J'en ai marre de voir vos vieilles têtes, là. Je veux voir de nouveaux visages… »
Luciano, d'habitude si concentré sur son jeu, le regarde du coin de l'œil. Il ramasse la dernière carte sur la table, lance un « Scopa ! », et il ajoute :
« Et tu vas y aller quand ?
— Bientôt. Je n'ai plus le temps de perdre du temps, tu sais.
— OK. Je veux venir, moi aussi. »
J'écarquille les yeux. Franco paraît aussi surpris que moi. Ugo, lui, n'a rien entendu et s'impatiente.
« Bon, vous jouez ou bien ?
— Mais comment ça, tu veux venir toi aussi ? bafouille Franco.
— Je n'ai jamais vu Paris. On pourrait y aller tous ensemble ? Et ça ferait plaisir à la petite.
— Très bien, j'ai l'impression que le soleil a tapé trop fort sur vos têtes chauves à tous, ce matin ! Dépêchez-vous de finir la partie. Je ferme dans dix minutes. J'aimerais rentrer préparer à manger, moi ! »
Mon portable sonne. C'est Gianna, la tante de Sofia. Elle me demande si celle-ci est encore chez moi, car elle l'attend pour déjeuner et n'arrive pas à la joindre.
Jamais Sofia ne raterait un déjeuner chez sa *zia* chérie…
Je crois que tout le monde est devenu fou, aujourd'hui.

9

Sofia

Je fouille dans les placards de Franco à la recherche d'une poêle. Je n'aime pas ça. L'impression de violer son intimité. Ce matin, je n'étais encore jamais entrée chez lui. Et me voilà en train de fouiner partout.

Tout est propre et en ordre. Franco, contrairement aux autres hommes célibataires du village, n'a jamais voulu d'une aide à domicile quand son épouse est décédée. Il nous a toujours dit : « J'ai deux bras et deux mains : je peux faire le ménage et laver mes slips tout seul. »

Les autres l'ont regardé comme un extraterrestre. Un homme qui tient son foyer sans le soutien d'une femme, c'est impensable. On se disait que ça devait être un sacré foutoir, là-dedans.

J'aimerais leur dire à quel point ils se trompent.

J'ai apporté quelques bricoles à Souma : une paire de sandales qui à mon avis seront trop petites, des sous-vêtements, et quelques affaires de toilette. J'ai aussi pris des T-shirts qui feront de jolies robes à Mustafa. Impossible d'aller acheter des couches dans l'unique supérette du village : ici, tout le monde se connaît, et on m'aurait posé mille et une questions. Il va falloir que je réfléchisse à une autre solution, ou que j'aille en ville pour m'en procurer.

J'ai voulu le garder le temps que sa maman se douche. Mais aucun des deux ne me fait encore assez confiance pour cela…

Je mets de l'huile d'olive dans la poêle que j'ai fini par trouver, j'écrase une gousse d'ail, je lave quelques tomates que je coupe ensuite en dés. Je vais leur faire des pâtes. C'est tout ce que je suis capable de cuisiner.

Ce sera des spaghetti *sciué sciué*, comme on dit ici. Ça signifie « vite fait » – mais ça ne veut pas dire que c'est bâclé pour autant, au contraire ! Pour moi, c'est l'une des meilleures recettes, parce que c'est simple et délicieux en même temps. La sauce se prépare pendant la cuisson des pâtes ; puis, on mélange le tout dans la poêle, on ajoute de grosses feuilles de basilic frais sur le dessus, on râpe du parmesan, et on se régale.

« *Zia !* »

Je me souviens tout à coup que j'ai oublié ma tante…

Elle m'attend pour déjeuner. Elle doit me croire morte. Jamais je ne rate un seul de nos rendez-vous. Et lorsqu'elle se rendra compte que je suis encore vivante, elle va me tuer !

Ma tante est l'unique sœur de mon père. Je suis née alors qu'elle avait 20 ans et, depuis ce jour, elle m'a toujours considérée comme sa propre fille. J'avais peur que ça ne change lorsqu'elle aurait elle-même des enfants, mais la vie lui a donné un unique garçon – Antonio –, et moi, j'ai toujours gardé cette place privilégiée dans son cœur.

Ma mère ayant toujours travaillé, c'est elle qui me gardait quand j'étais gamine. Je passais mes journées avec ma *zia* et ma *nonna*, et c'était bien. Mes parents se tuaient au boulot, et moi, je vivais heureuse avec elles. Depuis que notre trio a été brisé par le cancer foudroyant de ma grand-mère, nous avons dû trouver un équilibre à deux.

Et il passe par ces rendez-vous autour d'un bon repas. Même lorsque je vivais en France on ne dérogeait pas à la règle, nous déjeunions ensemble, régulièrement, par écran interposé. Elle dans sa cuisine, moi dans le bistro du coin, le portable posé en face de moi.

Je cherche mon téléphone au fond de mon sac. Quarante-neuf appels en absence – quarante-sept de ma tante, deux de Maria. Je ne sais pas laquelle des deux me fait le plus peur.

J'ai aussi sept SMS.

La mesure italienne.

Tu es en retard.

Tu es où ?

SOFIAAAAAA ? *MADONNA MIAAA !*

Je l'entends hurler par écrit.

Dans cinq minutes, elle envoie les pompiers.

Sans réfléchir à une excuse qui puisse tenir la route, j'appuie sur son nom pour l'appeler. Elle décroche avant la première sonnerie.

Là, après avoir invoqué une quinzaine de saints, avoir remercié Dieu que je sois en vie et, comme prédit, menacé de me tuer de ses mains, elle me laisse en placer une.

« *Zietta*, pardon ! Je me suis endormie, et je… Je n'ai pas vu l'heure passer. »

J'utilise ce diminutif lorsque je veux vraiment l'amadouer. Elle résiste rarement. Je l'appelais comme cela lorsque j'étais enfant, parce qu'elle est une *zia*, mais toute petite. Un mètre cinquante exactement.

« Comment ça, endormie ? Qu'est-ce que tu as ? T'es malade ?

— Euh, non, non. Juste fatiguée. J'ai… J'ai mes règles, ça doit être ça.

— Mais comment ça, tu as tes règles ? Tu les as eues il y a quinze jours ! »

Mais c'est pas possible. C'est la CIA, cette femme !

« Rappelle-toi : je t'avais fait une bouillotte pour ton ventre. Je m'en souviens, c'était il y a quinze jours parce qu'Antonio était en voyage à Milan. »

C'est bien une *mamma.* Dater les épisodes selon l'agenda de ses enfants…

« Oui, c'est étrange, hein. J'irai voir mon gynéco si ça recommence. Je suis désolée, *zia.* Je viens demain, OK ?

— Non. Demain, je vais marcher, tu sais bien. Mais je te garde ton assiette au frais. Prends une bonne douche pour te réveiller et viens manger ! Tu ne vas pas rester l'estomac vide. *Jamm !* »

Jamm – prononcer « Yamm » –, c'est le « Allez ! » napolitain.

Il ne laisse pas d'échappatoire.

Fin de la conversation.

Je me retourne et tombe sur les yeux noirs de Souma.

Ma robe évasée a effacé tout signe de grossesse. Un bout de talon dépasse des sandales dorées. Elle est belle, de ces beautés douloureuses et brutes. Elle tient la main de son fils comme si sa vie en dépendait.

Je les installe à table.

J'ai trouvé une jolie nappe de Noël dans l'un des tiroirs de Franco. Ce n'est pas vraiment d'actualité, mais on fera avec pour aujourd'hui.

« Mange, Souma. Il faut prendre des forces. »

Elle fait oui de la tête, installe Mustafa sur ses genoux, et se saisit de la fourchette. Après deux tentatives infructueuses de sa part – elle ne réussit pas à porter à la bouche du garçon les longues pâtes indomptables –, je fais quelque chose que je n'aurais jamais pensé faire un jour : je coupe les spaghettis et lui donne une cuillère !

L'Italie me pardonnera pour ce geste.

Souma commence par nourrir son petit. Je lui suggère de manger tant que c'est chaud, et de me laisser prendre la relève pour Mustafa. Elle accepte, mais il ne quitte pas ses genoux.

Franco arrive pile à ce moment-là.

« Il n'y a jamais eu autant de monde dans ma cuisine. Quel bonheur ! »

Il sourit de toutes ses dents – soit trois. Il a apporté des fruits et une sucette.

« Je l'ai piquée chez Maria », me confie-t-il avec un clin d'œil.

Je lève les yeux au ciel.

« *Nenné*, écoute : j'ai une bonne et une mauvaise nouvelle. La bonne, c'est qu'ils ne se doutent de rien. La mauvaise… c'est que tu vas devoir tous nous emmener à Paris. »

10

Maria

Je rouvre mon bar vers 16 heures.

Tous les jours je prends le temps d'aller préparer un bon déjeuner à la maison, puis de faire ma sieste quotidienne. Il me faut au moins ça pour tenir jusqu'à 23 heures, et bien plus tard en été.

Mon risotto est excellent. Gennaro, mon mari, adore ça, et j'aime lui faire plaisir même s'il y a encore trouvé à redire et que je me suis très légèrement emportée !

« Ah non, je ne veux pas t'entendre avec tes "C'est bon, mais…" MAIS QUOI ? Quoi au juste ? Tu trouves que c'est trop cuit ?! Tu trouves toujours que c'est trop cuit, Gennà ! Mais je m'en tiens aux instructions du paquet et je te signale que je cuisine parfaitement *al dente*. Si je t'écoutais, on mangerait les pâtes et le riz crus ! C'est facile de parler quand on n'est jamais passé derrière les fourneaux. Ah, pour faire le critique gastronomique, y a du monde ! Mais lorsqu'il s'agit de jouer au chef, alors là, y a plus personne. Et ne me regarde pas avec ces yeux-là, hein, s'il te plaît ! Ta mère t'a trop gâté – paix à son âme ! La voilà, la vérité. Et moi j'en paie les conséquences. Même pas fichu de faire bouillir de l'eau, et ça vient donner des leçons… *Dio mio*, mais qu'est-ce que j'ai fait pour mériter ça ?! Est-ce que je te dis comment il faut entretenir tes terres, moi ? Est-ce que j'interviens quand tu fais la vidange de ta voiture, et que tu laisses traîner tes chiffons dégueulasses pleins d'huile dans le garage ? Quoi ?… Oui, bien sûr que j'en profite pour te faire passer le message ! Oui, tu pourrais ramasser ! Eh bien non, je ne dis rien, moi. Chacun à sa place. Chacun son rôle. Ce risotto est parfait, et la cuisson est parfaite. Point barre. Je ne tolère aucun "mais". Trouve une autre femme qui en ferait un aussi bon… Je te mets au défi, Gennaro ! De toute façon, je ne t'écoute plus. Je n'ai pas le temps de discuter avec toi aujourd'hui, laisse-moi en paix ! Je vais faire la vaisselle, et puis j'aimerais dormir au moins quinze minutes avant d'aller rouvrir le bar. Du balai ! »

J'installe les parasols. Le soleil se fait de plus en plus présent. La mer est calme, aujourd'hui. Je me fais un *espresso* en la regardant danser doucement. On dirait qu'elle berce un enfant pour l'endormir. Son bruit repose mon âme.

Celentano me fixe depuis son cadre.

« *Sei bellissimo !* » lui dis-je en lui lançant un baiser. J'aime lui rappeler à quel point il est beau.

Je choisis *« Acqua e sale »* dans ma playlist pour commencer mon après-midi du bon pied.

« Maria, une boule de socola, sitouplé. »

J'entends une voix, mais je ne vois pas d'où elle vient…

De l'autre côté de mon bar, un petit truc haut comme trois pommes me réclame sa glace.

« Z'ai tout mangé mes légumes à midi, alors papy il m'a donné une pièce pour ma glace. »

Chantage efficace.

Bravo, Ugo.

C'est son dernier petit-fils qui me tend sa pièce d'un euro. Je la prends, lui sers une grosse boule au chocolat et en ajoute une deuxième, offerte par la maison pour le récompenser de son exploit.

« Merci, Maria !

— De rien, mon petit bonhomme. Où il est, ton papy ?

— Il m'attend sur la plaze. Là-bas. Tu vois ?

— Oui. Fais attention en traversant. Vas-y, je te surveille d'ici. »

Je le regarde tenir sa glace avec toute l'attention du monde. Il fronce ses épais sourcils, sort un petit bout de langue – signe d'une concentration extrême – et repart vers son grand-père.

J'adore servir des glaces aux enfants. J'ai l'impression de leur offrir un bout de paradis. Il y a ceux qui savent exactement ce qu'ils veulent, et ceux qui hésitent de longues minutes avant de faire leur choix. Parce qu'ils aimeraient tout prendre, tout goûter. Parce que choisir, c'est renoncer.

Les adultes aussi mangent des glaces, bien sûr, mais ils ne le font plus du tout de la même manière. Ils pensent : « Oh là, je ne devrais pas ! » « Ce n'est pas bon pour mon régime… » « Allez, tant pis : je mangerai moins ce soir. » La culpabilité avant même de donner le premier coup de langue. Et puis ils font attention à ne surtout pas en mettre partout. Avec le temps, ils ont appris tout un tas de techniques pour que ça ne coule plus le long des doigts et, de fait, il y a moins de magie. Ces glaces-là n'ont plus le goût de l'insouciance ; elles n'ont plus la saveur d'un moment privilégié. Fini, le paradis.

De mon comptoir, j'observe, jour après jour, les enfants devenir grands et perdre cette étincelle dans le regard. Et ça me fend le cœur, parce que j'aime ça, moi, servir de la magie.

« Bonjour, Maria. Vous allez bien ? »

Cette voix insupportable me sort de ma rêverie. C'est Raffaella, ma belle-fille.

« Comment veux-tu que j'aille ?

— Toujours de bonne humeur, à ce que je vois… Je peux me faire un café ?

— Je te le fais, moi. Tu vas encore casser ma machine.

— Comme vous voulez. Je m'installe dehors, alors. »

Ce vouvoiement me tape sur le système. C'est comme une barrière avec barbelés qu'elle a placée entre nous deux. Tout le monde me tutoie, ici ! Sauf elle.

Elle n'a jamais voulu m'appeler *Mammà* non plus, comme le veut la tradition.

« C'est pas contre vous, Maria. Mais une mère, je n'en ai qu'une. Vous comprenez ? »

Pour me venger, je l'appelle Raffaella. Alors que tout le monde la surnomme affectueusement Lella. Même ses collègues avocats qu'elle ramène parfois ici pour boire un Amaro.

Je la scrute depuis mon comptoir. Elle retire sa veste de tailleur, déplace sa chaise en plein soleil, enlève ses escarpins, ferme les yeux et renverse sa tête en arrière.

Avec un peu de chance, dans cinq minutes, elle attrape un bon coup de soleil sur le pif !

Je me demande pourquoi elle est là aussi tôt aujourd'hui. D'habitude, on ne la voit pas avant 20 heures. Elle part tôt le matin, rentre tard le soir, et mon fils et mon petit-fils doivent se débrouiller tout seuls. Si c'est pas malheureux… Heureusement que je suis là pour les nourrir correctement et faire attention à eux.

Ma bru vient du Nord. Un jour, en vacances sur la côte, la malchance a voulu qu'elle tombe amoureuse de mon Pino et de notre village. Alors elle a débarqué ici pour de bon, avec son accent milanais, ses manières de femme du monde et ses longs cheveux blonds.

Oh, j'ai tout fait pour la décourager, pourtant ! Mais elle s'est accrochée à mon fils chéri comme une moule à son rocher, et ça fait quinze ans que je me la farcis.

Elle a ouvert son cabinet d'avocat à Salerno, fait son nid dans le cœur de mon Pino, et voilà.

Sa seule qualité, c'est son fils, à cette garce.

« Tiens, ton café !

— Merci, Maria. Vous ne l'avez pas empoisonné, au moins ?

— Je te laisse la surprise… »

11

Sofia

Je contemple le plafond, allongée sur le canapé. J'aperçois une petite tache d'humidité dans un coin. Il faudrait repeindre.

J'essaie de réfléchir à ce qui se passe depuis ce matin.

Après être passée chez ma tante pour qu'elle s'assure que j'aie bien ingurgité quelque chose, et surtout pour qu'elle cesse de se figurer que j'ai toutes les maladies de la Terre, je suis rentrée chez moi. Enfin, chez ma *nonna*.

Je vis ici depuis que je suis revenue de Paris.

Je n'avais pas envie de retourner chez mes parents. C'est compliqué, après avoir vécu seule presque huit ans, de ne plus avoir un chez-soi.

Et puis j'ai toujours adoré la maison de ma grand-mère. Elle est minuscule, je la connais par cœur. J'aime son vieux carrelage fissuré par endroits. J'aime la chambre à coucher, avec les chapelets accrochés à la tête de lit et le gros crucifix en face. J'aime prendre soin de ses plantes comme elle le faisait. C'est comme si je continuais à la faire vivre à travers leurs feuilles.

J'aime son petit potager, sa fierté absolue. J'aime son vieux canapé vert qui ne va pas du tout avec le reste de la déco, la cheminée et sa jolie cuisine dans laquelle on a passé tellement de temps toutes les deux.

Des heures à la contempler répéter ses gestes précis pour pétrir une pâte, éplucher des légumes, l'écouter papoter avec ses copines après la messe.

Aujourd'hui, elle n'est plus là, mais je vois encore ses mains, j'entends encore son rire et ses sermons, je me souviens de son odeur et de celle de son *ragù*.

La maison de mes parents est bien plus grande, moderne et confortable, mais je m'y sens moins bien. Mes plus beaux souvenirs vivent ici avec moi.

Depuis qu'ils ont vendu leur entreprise pour prendre une retraite anticipée et profiter enfin de la vie, mes parents sont très peu au village. Ils sillonnent l'Italie en voiture. Une vieille décapotable, un rêve de mon père devenu réalité. Ils ont envie de découvrir chaque région, chaque cuisine, chaque paysage de notre beau pays. Et ils ont bien raison.

Ils m'appellent une à deux fois par semaine, leur absence ne m'ennuie pas vraiment, même si je suis chaque fois contente de les revoir. Mes parents ont toujours été un couple avant d'être mon père et ma mère. Je ne leur en veux pas, je n'ai manqué de rien, et surtout pas d'amour. Mais j'ai toujours senti que je débarquais dans leurs plans sans y être vraiment invitée. J'étais le cheveu dans leur soupe.

J'ai un grand frère, de huit ans mon aîné, qui vit en Australie depuis quinze ans – lorsqu'il n'est pas en voyage autour du monde. Luca, avec ses yeux bleus et sa gueule d'ange, avait comblé leur désir d'enfant à lui tout seul, et ils n'avaient pas vraiment besoin de moi en plus. Ma mère s'est aperçue de sa grossesse très tardivement, et j'ai pointé le bout de mon nez, un soir d'été, alors qu'elle regardait un film en noir et blanc avec Sophia Loren.

Mon prénom était tout trouvé.

Je pense à Souma, à ce bébé qu'elle attend.

Est-ce qu'il était dans ses plans à elle ? Est-ce qu'il aura une jolie vie ? Une *nonna* et une *zietta* pour combler les failles que pourrait avoir sa maman ?

Et où est son papa ?

Je n'ai pas osé poser la question. Je crois avoir beaucoup trop peur de la réponse.

Je me lève d'un bond : il est déjà 16 h 30, et il faut que j'aille acheter des couches et des vêtements pour Mustafa. J'ai donné rendez-vous à Lella chez Maria, pour qu'elle m'emmène faire du shopping.

Il faudra qu'un jour je me décide à passer mon permis…

Lella est ma meilleure amie, comme une grande sœur. Elle est drôle, douce, intelligente – il n'y a bien que Maria qui ne lui trouve que des défauts.

Je sais que Franco m'a dit qu'il ne fallait faire confiance à personne… Mais Lella est avocate, et on va avoir besoin d'une alliée de taille pour nos invités surprise.

J'approche du bar. Lella paresse au soleil, ça ne doit pas lui arriver souvent. Je m'avance sans faire de bruit et lui caresse la joue.

« Sofia *bella* ! »

Sans même ouvrir les yeux, elle attrape ma main et l'embrasse.

« Quelque chose te tracasse, je le sens. »

Les femmes de ma vie ont un radar intégré.

« On en discutera tout à l'heure…

— Ah, te revoilà, toi ! nous interrompt Maria. Qu'est-ce que c'est que cette histoire de Paris ?

— Paris ?! Comment ça, Paris ? »

Lella se redresse soudainement.

« On ne t'a pas sonnée, toi, lui rétorque sa belle-mère.

— Oh oh oh ! On se calme ! dis-je. Lé, je t'expliquerai. Mais en gros, Franco s'est mis en tête d'aller en France. Et, euh… Il veut que je l'emmène. Enfin, que je *les* emmène tous…

— C'est une idée géniale ! s'exclame Lella dans un sourire.

— C'est la pire des idées ! contre-attaque Maria. Et où vont-ils aller, avec leurs cannes et leurs dentiers ? Et puis cette ville t'a déjà fait assez de mal, Sofi. Tu viens à peine de rentrer…

— Ça fait trois mois, Maria. Et je vais bien, maintenant. Promis.

— Et tu vas me dire que tu ne penses plus à Jeromo ?

— Jérôme.

— C'est ce que j'ai dit !

— Non, vous avez dit *Jeromo*, se moque Lella.

— *Dio mio !...* invoque Maria les mains jointes en regardant le ciel. *Dio mio*, donne-moi la force de ne pas frapper cette femme… »

Je finis par pouffer de rire. Je sais que les méchancetés de Maria ne blessent plus Lella. Après autant d'années, elle a fini par se faire une raison.

Mais au fond, sa belle-mère n'a pas tort. Je pense encore beaucoup trop à Jeromo.

12

Maria

L'heure de l'*aperitivo* approche. Ma terrasse commence à se remplir.

Je prépare mes petits bols de chips (tout le monde raffole des *patatine* avec son apéro). C'est le moment de la journée que j'aime le moins, parce qu'ils me demandent tous de nouveaux cocktails à la mode ; et moi, je n'y comprends rien.

Mon petit-fils m'a montré une vidéo pour au moins apprendre à faire un Spiz. Un Sripz. Un SPRITZ ! Ce truc dont tout le monde parle et dont j'ai du mal à prononcer le nom. Venu tout droit du Nord. Comme ma belle-fille. Pour me casser les pieds.

« Maria, me voilà ! Je t'ai manqué, hein ?

— Anto', commence pas ! Tiens, apporte ces bols sur les tables.

— Ma cousine n'est pas là ?

— Non, partie je ne sais où avec l'autre pimbêche.

— Lella ?

— Qui d'autre ?

— J'en connais plein, des pimbêches. Et des vraies ! Tu sais bien que Lella n'en est pas une. Et Franco ? Toujours disparu ?

— C'est une longue histoire. J'ai pas le temps, moi. Dégage-moi le plancher. Giogio te racontera. Un Spitz pour toi ?

— Oui, un SpRitz, s'il te plaît. Merci, *cara.* »

Mes petits vieux sont de retour.

Ugo est toujours avec son petit-fils, qui lui offre beaucoup d'amour, des dessins et une seconde jeunesse. Je l'entends lui apprendre les règles de la scopa.

Il y a mon petit-fils à moi, qui sirote un Coca les pieds sur la chaise (dès que je passe à sa hauteur, il a droit à une claque sur la tête pour lui remettre les idées en place).

Le docteur Alberto vient de s'asseoir pour prendre un petit remontant avant de partir faire sa tournée de visites à domicile, et j'aperçois aussi Gianna, qui se gare au loin. Elle a dû voir la Vespa de son fils et n'a pas résisté à l'envie de venir passer quelques minutes avec lui. Bientôt, Paola fermera son salon de coiffure pour rejoindre cette joyeuse bande. Don Aniello, le prêtre, boira un café avant d'aller dire sa messe du soir, écouter les confessions des vieilles dames et leur infliger quelques *Ave Maria*…

Et ainsi de suite, jusqu'à ce que ma terrasse déborde de partout, de tous ces gens qui font battre le cœur du village, et le mien, aussi.

Il n'y a plus une place assise lorsque mon Pino arrive.

« *Mammà*…

— *Vita mia !* (Il est beau dans son uniforme de pompier… Il a l'air fatigué.) Dure journée ?

— Oui, assez. Je suis content d'être rentré !

— Et ta femme qui n'est même pas là pour t'accueillir… Pour te faire couler un bain. Pour prendre soin de toi. Madame préfère faire du shopping ! L'amour t'a fait perdre la tête, *figlio mio*. C'est pas elle que tu aurais dû épouser…

— Maman, ne commence pas. Sinon je pars.

— OK, OK, j'arrête ! Installe-toi dehors, je te prépare un petit quelque chose pour te redonner des forces. »

Ce brouhaha dure une heure, deux maxi. Ensuite, tout le monde rentre dîner, et ils réapparaissent après 21 heures, pour un digestif, une glace, un dernier café, ou une dernière partie.

Ainsi sont rythmées mes journées, depuis toujours.

Mon bar est un phare, ils sont autant de bateaux. Ma mission, c'est qu'ils ne se sentent jamais seuls, jamais perdus. En plein jour ou à la nuit tombée, il y aura toujours une chaise pour eux chez Mamma Maria.

13

Sofia

Il est 6 heures du matin lorsque je suis réveillée par le chant d'un oiseau posé sur le balcon de ma chambre. Je le vois me fixer et me narguer avec ses petits yeux rieurs.

Je ne dors jamais les volets fermés, ça m'oppresse. J'ai besoin de savoir, en ouvrant les yeux, s'il fait encore nuit ou si le soleil s'est levé avant moi.

Je n'ai quasiment pas fermé l'œil.

Hier, j'ai tout raconté à Lella.

Parce que je sais qu'elle partage mes idées – c'est aussi pour cela qu'elle est mon amie. Et ensuite parce que c'est désormais mon avocate.

Je me suis souvenue de cette scène dans *Breaking Bad* où Saul réclame un dollar symbolique à Walter et Jessie pour devenir officiellement leur avocat, et pour qu'ils soient bien assurés qu'il ne les trahirait pas.

Alors j'ai fait pareil avec Lella. Une fois dans sa voiture, j'ai mis un euro dans sa poche, et je l'ai prévenue : « Maintenant, tu bosses pour moi. Et tout ce que je dirai devra rester confidentiel. »

Elle m'a d'abord demandé si j'avais tué quelqu'un, puis elle m'a engueulée en me disant qu'elle était déçue, que je n'avais pas confiance en elle. Enfin, elle s'est moquée parce qu'il paraît que ce n'est pas tout à fait aussi simple que dans une série américaine…

« Même si c'est la meilleure série du monde ?

— Oui. Même si c'est la meilleure série du monde. Mais je veux bien être ton avocate. Allez, balance ! »

Je crois qu'elle ne s'attendait pas du tout à ça. Plus j'avançais dans mon histoire, plus sa mine devenait grave. Souma, Mustafa…

« C'est compliqué, Sofia. Elle devrait être dans un centre d'accueil. Il faudrait comprendre pourquoi elle n'a pas été emmenée là-bas à son arrivée… Si on veut l'aider et si on veut qu'elle reste ici avec nous, il faut faire les choses dans les règles. Mais je vais me renseigner. D'accord ? »

Nous avons acheté des couches, des habits pour Mustafa et des chaussures à la bonne pointure pour sa maman. Nous avons aussi pris quelques jouets, des produits de toilette, de quoi leur préparer un bon dîner et un copieux petit déjeuner le lendemain. C'est les bras chargés que nous sommes revenus chez Franco.

Mustafa était si heureux de découvrir ses peluches et ses petites voitures que Souma a fondu en larmes.

Franco m'a dit qu'elle avait passé l'après-midi à dormir, que parfois elle sursautait, marmonnait des choses qu'il ne comprenait pas. Alors il essayait de la rassurer comme il pouvait, et elle finissait par sombrer de nouveau.

Il leur a laissé sa chambre et m'a dit qu'il dormirait sur le canapé, que de toute façon, depuis que sa femme était partie, son lit lui semblait beaucoup trop grand, et que neuf fois sur dix il s'endormait devant la télé le soir.

« Je suis content d'avoir de la vie dans cette maison ! » m'a-t-il avoué.

Je promets à Franco de les retrouver demain matin, pour qu'il puisse aller prendre son café chez Maria, et que tout semble normal.

Il est 7 h 30 lorsque je sors de chez moi. Je jette un œil à la boîte aux lettres et j'y trouve les quelques livres que Benoît m'a envoyés. Mais quel amour, vraiment ! Il faut absolument que je lui réponde, ou il va finir par s'inquiéter. J'ai à peine le temps de reposer les exemplaires à l'intérieur que ma tante débarque.

« Déjà sortie ? Tu vas où, si tôt ?

— Prendre l'air ! J'avais envie de marcher un peu.

— Je suis venue voir comment tu te portais avant de partir rejoindre les filles. Aujourd'hui, on va aller jusqu'à Ravello…

— Génial ! Je vais bien mieux, *zia*.

— Tu as mangé ?

— Tout à l'heure. Je petit-déjeunerai chez Maria, promis. »

Je l'embrasse, pour l'inciter à partir. Elle s'éloigne en se retournant de temps en temps. Je vois bien à son regard suspicieux qu'elle a compris que quelque chose ne tournait pas rond. Je lui fais un dernier signe de la main, j'affiche mon plus beau sourire décontracté et j'accélère le pas jusque chez Franco.

14

Maria

Jeudi prochain, Gabriella, la fille de Lucia, se marie.

Lorsqu'un enfant du village s'apprête à faire le grand saut, je prépare toujours un apéritif géant pour fêter ça. C'est que ça n'est pas très courant, ce genre d'événement. Les jeunes d'aujourd'hui préfèrent vivre dans le péché et pensent que le mariage est une contrainte. Comme ils ont tort.

Le mariage est la plus belle chose qui me soit arrivée, avec mon Pino, Giogio et mon bar. Lorsque j'ai épousé Gennaro, j'avais à peine 18 ans. Je me souviens de ce jour comme si c'était hier. Je portais la robe de ma mère et un long voile que mes parents m'avaient offert avec leurs économies. Mon père m'attendait fièrement en bas de l'escalier de notre maison. Tout le voisinage était venu admirer la mariée.

« Ma fille se marie. C'est un jour de fête, j'offre un verre à tout le village, je vous attends au bar ! »

Et c'est ce qu'il a fait.

En arrivant à l'église, mon homme était si ému qu'il ne tenait pas en place. Il se balançait d'un pied sur l'autre ; on aurait dit un gamin le premier jour d'école. Pourtant, il en faut pour impressionner mon Gennaro !

Qu'il était beau… En le voyant, j'ai arrêté de respirer. (Ou peut-être que c'était la robe qui me saucissonnait un peu.) Ses cheveux noirs bien peignés, sa cravate, son joli costume et le sourire qui avait fait chavirer mon cœur un an plus tôt.

Je ne l'avais jamais vu vêtu ainsi. Mon mari a toujours cultivé la terre, alors les défilés de mode pour aller travailler, ce n'est pas trop son truc. Son terrain de jeux, c'est la montagne où, depuis l'enfance, il prend soin de centaines de noisetiers. Avec sa Fiat Panda, il part tous les jours à l'aube et il ne redescend qu'une fois le travail accompli.

C'est un homme simple, mon Gennaro. Il aime le calme, la bonne nourriture et regarder les courses de vélo à la télévision. Il ne parle pas beaucoup. Il dit que je cause assez pour deux.

Mais je sais qu'il m'aime, qu'il m'a toujours aimée. Et c'est le plus beau cadeau qu'on m'ait jamais fait.

Pour perpétuer la tradition inaugurée par mon père, je tiens à marquer le coup, moi aussi, afin de souhaiter bonne chance aux mariés. Pour qu'ils soient au moins aussi heureux que nous.

Je prépare ma liste de courses. Je dois aussi appeler la fleuriste pour décorer mes tables, et je demanderai à Sofia de m'aider à gonfler des ballons blancs et à les accrocher un peu partout. Elle n'est pas encore là ce matin, il n'y a guère que mes trois compères.

« Qu'est-ce que vous complotez ?

— Mais non, personne n'a pété ! s'indigne Ugo.

— On fait une partie, puis on part, direction l'église. On a vu des engins arriver hier. Un nouveau chantier va démarrer, sûrement des travaux pour rénover la petite place, m'informe Luciano.

— Ah oui, donc vous allez superviser ?

— Bien sûr ! » répond Franco, étrangement de bonne humeur.

Je n'ai jamais compris cette passion qu'ont les vieux messieurs à regarder pendant des heures des ouvriers travailler. Ils ont vraiment l'air d'adorer ça. Chacun y va de son commentaire : on dirait un match de foot.

« Mari', au fait, il me faudra un autre pot de glace au chocolat, pour tout à l'heure », ajoute Franco.

Mais qu'est-ce qu'il fout de toute cette glace au chocolat, bon sang ?

Je ne cherche même pas à comprendre. Mais tant pis pour lui, je vais le balancer au docteur Alberto.

15

Sofia

Le visage de Souma a changé, ce matin. Ses traits sont moins tirés, ses yeux moins gonflés. On dirait qu'elle a perdu dix ans en une nuit.

Mustafa s'impatiente. Il aimerait sortir, mais c'est impossible. Nous ne pouvons pas prendre le risque que quelqu'un le voie et commence à poser des questions. À cette idée, mon cœur manque un battement. Et cette réaction me surprend. Pourquoi me suis-je déjà autant attachée à ces deux-là ?

On essaie de l'occuper comme on peut, avec ses nouveaux jouets, des crayons de couleur et la chaîne de dessins animés. Ce sont les petites voitures qui le passionnent le plus. Il les fait avancer sur le fauteuil en cuir de Franco, à l'aide de son pouce et de son index potelés. Une fois en haut du dossier, il lâche le véhicule qui s'élance vers l'assise dans une cascade digne d'un film d'action. Et alors il recommence, encore et encore.

« Souma, je vais devoir te poser quelques questions, car, pour pouvoir t'aider, j'ai besoin de savoir ce qui s'est passé et comment tu as atterri ici. D'accord ? »

Elle me fixe. Comme si elle cherchait à voir à l'intérieur de moi, mais elle ne dit rien. J'ai à peine entendu le son de sa voix depuis qu'elle est arrivée. J'essaie de soutenir son regard pour qu'elle puisse trouver dans le mien les réponses dont elle a besoin ou, au moins, une bouée de sauvetage.

Le silence s'installe.

Mustafa nous rejoint, il lui tend sa voiture. Souma invente alors un circuit sur la table avec nos verres et un paquet de gâteaux qui traîne, pendant que son fils imite le bruit du moteur.

Un courant d'air fait soudain claquer la porte de la cuisine.

L'enfant hurle et se jette dans les bras de sa mère. Il enfouit sa tête dans son cou, bouche ses oreilles alors que les larmes inondent ses joues. Il est terrifié.

Il faut plusieurs minutes à Souma pour parvenir à l'apaiser. Les sanglots finissent par s'espacer, elle continue de le tenir contre elle en se balançant doucement d'avant en arrière et en lui caressant les cheveux, puis, d'une voix à peine audible, elle commence à me parler.

Elle me raconte qu'elle a débarqué en Italie il y a une semaine. Elle essaie de me décrire son voyage, mais, chaque fois, sa respiration devient difficile. Elle semble suffoquer de panique. Alors je lui propose dans un premier temps de se concentrer sur sa semaine en Italie.

Mustafa et elle ont été installés dans un centre à leur arrivée. Elle a vu un médecin qui lui a assuré que son fils et le bébé se portaient bien. Et c'est tout ce qui lui importait.

Une nuit, terriblement angoissée et persuadée qu'on allait la renvoyer chez elle – après avoir entendu l'après-midi même des manifestants protester devant le centre –, elle a pris Mustafa dans ses bras et elle s'est sauvée. Pieds nus. Sans rien d'autre que sa peur de retourner en enfer.

Le lendemain, pour la première fois de sa vie, en voyant un mendiant devant une supérette, elle a décidé de faire de même. Demander de l'argent à des inconnus, en implorant leur pitié. Elle a réussi à récolter quelques euros. De quoi acheter à manger à Mustafa. Puis, avec le reste, elle est montée dans le premier bus qu'elle a croisé. Lorsque les regards et les chuchotements ont été trop lourds à encaisser, elle est descendue, a erré encore une journée, et c'est à ce moment-là qu'elle a atterri dans notre village. Le soir venu, elle a cherché un endroit où dormir et s'est réfugiée dans le poulailler de Franco.

On fait une pause. Je l'encourage à avaler quelque chose au petit déjeuner.

Je m'aperçois que Maria et ma tante déteignent sur moi. Moi aussi je me mets à obliger les gens à manger.

Souma étale un peu de confiture sur une biscotte, la porte à la bouche de son fils qui essuie une dernière larme avant de croquer. Elle alterne ainsi une bouchée pour lui, une autre pour elle.

J'en prépare une deuxième et la lui tends.

Mustafa me donne alors sa petite voiture, comme un troc pour me remercier.

Je reprends le circuit de sa maman sur la table, je m'applique à imiter le bruit du moteur aussi bien que lui, et je tente même de klaxonner.

Il me sourit. Souma aussi.

Puis elle me dit :

« Toi aussi tu dois me raconter.

— Mon histoire ?

— Oui. »

Comment lui raconter mon enfance heureuse, ma jeunesse qui sent bon l'été, ma vie en France, et Paris qui fait rêver, l'amoureux, le bout de cœur que j'ai laissé là-bas ? Comment lui expliquer mon travail, mes petits problèmes insignifiants, ma vie si facile, si belle, si calme finalement, après ce qu'elle vient de me confier ?

Elle semble lire dans mes pensées et m'encourage avec son regard, qui cherche à savoir qui je suis, vraiment.

« Je n'ai fui aucun pays, Souma. J'ai simplement fui quelqu'un. Est-ce que ça compte ?

— Oui !

— Il s'appelle Jérôme, il vit à Paris.

— Pourquoi tu es partie ? »

Oui, pourquoi j'ai quitté l'homme que j'aimais et ma ville d'adoption ? Les raisons de mon départ me semblent soudain si légères face aux siennes. Je déglutis, puis je réponds :

« Parce que, comme moi, il n'envisageait pas de vivre le reste de sa vie dans un autre pays que le sien… »

16

Maria

Hier soir, après avoir fermé le bar, je ne parvenais pas à trouver le sommeil. Alors j'ai fait la conversation à Gennaro. Pendant que je lui racontais la nouvelle lubie de mes vieux – partir à Paris –, j'ai préparé une *torta* Caprese. Mes clients aiment prendre une part de gâteau fait maison le matin, avec leur café, mais je n'ai pas toujours le temps de mettre la main à la pâte.

Aujourd'hui, Pino n'est pas de service. Lorsqu'il a un jour de libre, il vient me relayer au bar, pour que je me repose un peu, pour que je puisse aller à un rendez-vous chez le médecin – je dois surveiller ma tension –, ou chez Paola pour qu'elle me fasse ma couleur.

Ça me fait du bien de prendre une demi-journée pour moi en plus de mon jeudi de fermeture hebdomadaire ; ce jour-là, je m'occupe de ma maison. Mais je n'ai jamais l'esprit tranquille. Personne ne sait tenir mon bar comme moi. Et je ne peux pas m'empêcher d'appeler – lui dirait « harceler » – mon fils plusieurs fois, pour savoir si tout va bien.

« Ton café ne s'est pas écroulé, ma'. *Tutt'appost' !* »

Tout roule toujours, d'après lui. À croire qu'ils pourraient tous se passer de moi.

Pino arrivera en fin de matinée. Il est déjà 10 heures lorsque je vois débarquer Sofia.

« Ah ! Tu as fait la grasse matinée, ou quoi ?

— On ne peut rien te cacher, me dit-elle en m'embrassant.

— Un bout de gâteau ?

— Ai-je vraiment le choix ?

— Non ! »

Elle s'installe sur sa chaise, sort son ordinateur et commence à tapoter. Il y a longtemps qu'elle n'avait pas mis autant de cœur à l'ouvrage.

Pendant que je lui prépare son petit déjeuner, j'aperçois la jeune Cristina qui s'attable dans un recoin de ma terrasse. Après avoir servi Sofia, je m'installe face à elle.

« Tu n'es pas au collège, *bella* ?

— Non, j'ai séché. Tu vas appeler ma mère ?

— Oui, c'est ce que je devrais faire. Mais avant tu vas peut-être m'expliquer pourquoi tu n'es pas en classe ?

— Je ne veux plus jamais y retourner !

— Ça, ça va être un peu compliqué, ma jolie.

— Non mais, en vrai, j'avais juste mal au ventre.

— Et tu crois que la *granita* que tu viens de me commander pourrait remédier à ça ? »

Elle hausse les épaules et se referme complètement. Je connais Cristina depuis qu'elle est née. Cette attitude ne lui ressemble pas et m'inquiète d'autant plus.

« OK, je te laisse tranquille. Mais, puisque tu es là, tu veux bien m'aider avec ce truc Facebook ? Giogio m'a inscrite en me disant que je pourrais voir ce que raconte Celentano jour après jour, mais comment je fais, moi, pour lui écrire ? Où est-ce que je dois appuyer ? Et comment il va recevoir mon message ? Il va me répondre ?

— Des garçons m'embêtent.

— Comment ça, ils t'embêtent ?

— Ils m'attendent devant la porte des toilettes. Je n'ose même plus aller faire pipi à la récré. Ne le dis pas à mes parents, s'il te plaît, Maria ! »

Je lui promets de ne rien dire. Elle a peur de leur réaction et de me donner les noms de ses agresseurs. Elle tremble comme une feuille. Je la serre dans mes bras.

« Tu n'as pas à avoir peur ou honte, ma jolie. C'est à ces idiots de ressentir ça, pas à toi. Tu n'as rien fait de mal. D'accord ? Je veux t'aider, mais pour ça, j'ai besoin de savoir *qui* t'a blessée. »

Elle reste là un long moment, la tête contre mon cœur. Lorsqu'elle finit par se relever, la tristesse a fait place à la colère dans son regard.

« Paolo, Michele et Claudio. »

Je lui prépare une *granita* au citron, puis l'encourage à rentrer chez elle en prétextant un mal de ventre. Je lui fais aussi promettre de retourner au collège demain, en lui assurant qu'il n'y aura plus jamais de problème. Ces petits cons passent au bar tous les jours après l'école, je vais me charger de leur cas dès aujourd'hui…

17

Sofia

Après avoir discuté avec Souma, j'ai eu une idée.

Je vais essayer d'expliquer à Jérôme pourquoi j'aime autant l'Italie, et plus précisément la côte amalfitaine.

Notre relation a duré deux ans et demi. Jérôme a dix ans de plus que moi, et pas de temps à perdre selon lui. Un mois avant notre rupture, il a commencé à me parler mariage et enfants, et, si j'avais peut-être hésité pour la première proposition, je n'ai pas réfléchi un seul instant pour la seconde. Je ne veux pas d'enfants. Pas tout de suite, en tout cas. Et peut-être même jamais.

Je ne fais pas partie de ces femmes pour lesquelles la maternité est une fin en soi. Elle peut être une option, éventuellement. Mais rien n'est encore sûr en ce qui me concerne. Ça n'a jamais été l'un de mes rêves de petite fille. Je jouais rarement à la poupée et je préférais aller explorer mon village avec mon grand frère. Nous jouions à être des détectives privés, des policiers, des bandits en fuite… Mais jamais à papa-maman. Jérôme, persuadé que mon désir de maternité finirait bien par arriver, s'est alors concentré sur le mariage.

Au début, cela m'amusait.

Puis il a commencé à me parler lieu de cérémonie, saison idéale, d'un château en Normandie près duquel il avait grandi et qui serait PAR-FAIT pour la réception… Alors je lui ai dit que je n'envisageais pas de me marier ailleurs que chez moi, en Italie, qu'éventuellement on pourrait faire deux cérémonies, et qu'ensuite on viendrait s'installer sur ma côte.

C'était le début de la fin de notre relation.

Jérôme n'est jamais venu au village. Pas le bon moment, trop de travail – il avait toujours une bonne excuse. Et moi je revenais systématiquement seule chez moi. Je suis certaine que, s'il avait pris le temps de mettre les pieds ici, il aurait compris pourquoi je souhaitais, tôt ou tard, y poser mes valises et y finir mes jours.

Lorsqu'il m'a sommée de choisir entre lui et mon « village pourri perdu au fin fond d'une vieille botte peuplée d'abrutis », j'ai réservé un billet aller simple, rendu mon studio à Paris – et bloqué son numéro.

Aujourd'hui, la colère est passée. Et seule la tristesse reste. Parfois, elle prend toute la place et m'empêche d'avancer correctement. J'ai envie de croire qu'il ne pense pas ce qu'il a dit. Qu'il était juste blessé.

Il a plusieurs fois essayé de me contacter par mail, pour qu'on discute. Je n'ai pas donné suite. J'avoue guetter tous les jours ses réseaux sociaux, pour avoir de ses nouvelles… Mais il n'a jamais étalé sa vie privée sur Internet et, à mon grand désespoir, il continue de ne pas le faire.

Alors aujourd'hui j'ai décidé de lui écrire, pour essayer de le convaincre qu'ici, c'est le plus bel endroit de la Terre, et qu'on ne peut pas y être malheureux. Je serais même prête à ce que l'on partage notre vie entre la France et l'Italie. Mais jamais, jamais je ne veux être une simple touriste dans mon pays.

J'ouvre mon Mac et je commence à tapoter sur mon clavier.

Vietri sul Mare

Ce n'est pas une ville, c'est une galerie d'art posée sur la mer.

Il y a des couleurs. Partout. Sur les murs, dans les negozi *– nos magasins –, et dans le cœur des gens.*

Ici, on vend des céramiques à chaque coin de ruelle, et on offre des sourires sans rien te demander en échange.

Le meilleur granité au citron du monde – ne le dis jamais à Maria ! – est servi au bar qui donne sur la place. Pour un euro, tu peux le siroter en regardant la Méditerranée de haut.

Dans la rue principale, qui ouvre la voie vers l'unique route menant à la côte amalfitaine, il y a toujours un policier totalement dépassé qui tente de discipliner les voitures et les scooters qui n'ont que faire de son sifflet. Leurs propriétaires ont toujours une bonne excuse pour se garer n'importe comment, ou pour bloquer tout le trafic afin de discuter avec un copain du match de la veille.

« E siiii, due minuti ! » *Juste deux minutes, que diable ! On peut bien les leur accorder...*

Le soir, les tables des restaurants envahissent les rues. Ça sent la pizza et il fritto misto, *le café, et la bonne humeur.*

Si tu veux échapper aux rires, aux cris des enfants et aux gloussements des amoureux, il faudra emprunter la petite rue à sens unique qui mène jusqu'à la mer.

C'est une descente vertigineuse, et il se peut même que, enivré par le bruit des vagues et le limoncello, une fois en bas, tu décides de ne plus jamais remonter, et de t'installer là, à tout jamais.

Je joins une photo, comme une carte postale, et, avant de cliquer sur « envoyer », j'explique à Jérôme qu'il recevra dix mails en tout. Je lui demande de ne pas me répondre avant d'avoir reçu le dernier.

18

Maria

Pino est arrivé, il prend le relais avec les clients. Moi, je sirote mon café en attendant ma mission.

Je les vois approcher du bar juste avant l'heure du déjeuner. En général, ils viennent boire un soda avant de rentrer chez eux se mettre les pieds sous la table.

J'ai bien préparé mon coup : Sofia, Luciano, Ugo et mon fils sont mes complices.

« Ah, les garçons, quel plaisir de vous voir ! Asseyez-vous là avec moi.

— Euhhhhhh… »

J'oubliais qu'à cet âge ils n'émettent que des sons.

« Si si, j'y tiens. Allez, j'ai deux mots à vous dire. »

Ils se regardent, finissent par s'installer, Pino leur sert leur Coca, et je les laisse boire une première gorgée.

« Tu veux quoi ? me demande Claudio en napolitain. On a pas que ça à faire ! »

Je tape de mes deux poings sur la table. Ça fait son petit effet. Les cannettes de soda décollent de quelques millimètres, j'ai aperçu Sofia sursauter, et les trois mousquetaires se lèvent d'un bond.

« T'es folle ou quoi ? Venez, on se casse ! »

Ils tentent de sortir mais Luciano et Ugo bloquent la porte d'entrée avec leurs cannes. Pino et Sofia, de leur côté, attrapent les garçons par les épaules et les invitent, avec force, à se rasseoir.

« Dites-moi, ça vous amuse d'imposer des trucs dégueulasses aux filles ? De leur faire peur ? Alors pourquoi ça ne vous fait plus rire, quand les rôles sont inversés ? Eh bien ? Vous n'avez plus d'humour ? Si j'apprends, encore une seule fois, que l'un de vous a embêté Cristina – ou qui que ce soit d'autre –, je m'occuperai personnellement de vos trois petites gueules. Demain, vous vous excuserez auprès d'elle. Sinon, j'irai voir vos profs et vos parents pour qu'ils vous expliquent ce que vraisemblablement vous n'avez pas encore compris. À savoir que les porcs de votre espèce, c'est dans une porcherie, pas à l'école qu'ils devraient être ! À partir d'aujourd'hui, je surveillerai tous vos faits et gestes, je serai votre pire cauchemar. Au moindre écart, je vous tombe dessus, et – regardez-moi bien ! –, vu mon gabarit, ce ne sera pas une partie de plaisir. Si vous recommencez, croyez-moi, comparé à ce que j'ai prévu de vous faire, vous implorerez votre mère de vous enfermer au grenier… Maintenant, vous pouvez dégager. »

Je fais signe à mes deux matons du troisième âge de débloquer la porte.

Les garçons attrapent leurs sacs et se sauvent aussitôt.

Mission accomplie.

« *Brava*, Maria ! me lance Sofia.

— Merci pour le coup de main.

— C'était un plaisir ! »

Je rentre déjeuner avec Gennaro. J'ai fait *pasta e fagioli*. Je suis sûre qu'il va être fier de mon petit exploit matinal.

Le journal télévisé montre encore un bateau rempli de migrants arrivé sur nos côtes. Comme si l'Italie n'avait pas assez de problèmes comme ça… Nos jeunes peinent à trouver un emploi ; la plupart sont obligés de partir au Nord, et nos retraités finissent le mois sans un euro en poche. On ne peut décemment pas accueillir plus de misère. Qu'ils rentrent chez eux, ou qu'ils aillent voir ailleurs.

« Hein, Gennaro ? »

19

Sofia

Cela fait dix jours que Souma et Mustafa sont entrés dans ma vie. Nous avons mis en place une certaine routine. Je passe les voir le matin, lorsque Franco est au bar. Je déjeune avec eux trois, quand je ne mange pas chez ma tante ; et, l'après-midi, je m'installe sur la petite terrasse de mon vieil ami. Pendant qu'il fait sa sieste, que Souma se repose, moi, je travaille en surveillant Mustafa qui joue.

Souma et Franco trouvent finalement tout un tas de façons de communiquer. Elle commence peu à peu à lui faire confiance. La complicité qui s'est très vite installée entre Franco et Mustafa a bien aidé. Il faut dire aussi que Souma comprend un peu l'italien, souvent parlé en Libye. Le problème, c'est que Franco ne parle que le napolitain – et que ça complique sacrément les choses. Les mots sont raccourcis. (Le napolitain n'a pas de temps à perdre avec l'articulation, les voyelles sont avalées comme un limoncello bien frais, et les phrases prononcées tellement vite qu'à côté, Scatman parle au ralenti.) Et pourtant, ils parviennent à se comprendre.

Franco s'aide de ses mains. Souma lui dit parfois *« piano piano »*, pour qu'il répète plus doucement, et, lorsqu'ils n'y arrivent vraiment pas, ils m'appellent à la rescousse. Mustafa, lui, bredouille déjà quelques mots de patois que Franco lui a enseignés. C'est qu'on apprend très vite à cet âge.

Lella est toujours sur le coup : elle tente de comprendre comment elle pourrait leur obtenir un visa d'asile. J'aimerais vraiment les sortir un peu de la maison ; j'ai l'impression qu'ils sont prisonniers. J'aimerais que Mustafa voie la mer, que Souma marche un peu, qu'on aille manger une pizza. Je veux qu'ils reprennent goût à une vie plus simple, presque normale. Lella m'a promis d'essayer de tous nous emmener au large ce week-end.

Ici, je ne peux pas prendre le risque de sortir avec eux à pied. Certains seraient capables d'appeler les flics.

Souma me fixe à nouveau, je commence à y être habituée. Je la laisse me scruter, m'analyser autant qu'elle le souhaite, même si j'ai parfois l'impression d'être un animal étrange ou d'avoir un bout de salade coincé entre les dents.

« Tes sourcils ! »

OK, je vois où elle veut en venir. Mes sourcils… Toute une histoire.

« Tu as raison, Souma, c'est un vrai chantier. Je ne sais pas comment m'en sortir. Je ne les confie plus aux esthéticiennes, parce qu'elles les ont trop souvent massacrés ; alors j'essaie de me débrouiller toute seule avec ma pince à épiler, mais c'est pas facile ! Ils sont touffus, longs, et ils n'arrêtent pas de repousser.

— Faut faire le fil !

— Le fil ?… »

Elle se lève, se dirige vers le petit meuble situé entre la cuisine et la salle de bains, et elle en sort une boîte à gâteaux. Je me fais la remarque qu'elle a déjà ses repères ici. Je comprends que, comme toute boîte à gâteaux de vieille personne qui se respecte, celle-ci contient du matériel de couture. Souma me demande de m'asseoir sur le fauteuil de Franco, de renverser ma tête en arrière et de la laisser faire. Je m'exécute, heureuse de la voir reprendre vie.

« Avec ta main gauche, tu tires ton sourcil droit vers le haut, et avec l'autre, ta paupière vers le bas », m'ordonne-t-elle en me mimant le geste.

Là, avec des mouvements précis, elle m'épile à l'aide d'un simple fil de coton. Elle s'arrête, se place devant moi, sort un petit ciseau de couture, taille, recommence à épiler, et, quelques minutes plus tard, apparemment satisfaite du résultat, elle m'annonce que c'est fini.

Franco, qui n'a pas perdu une miette de la scène, me tend un petit miroir.

« C'était celui de Rosa. Tous les matins, elle s'admirait dedans. Je lui disais : "Pas besoin, Rosa *mia* ! Tu sais que t'es la plus belle." Alors elle se moquait un peu de moi, et je peux vous assurer que j'étais le plus heureux des hommes. »

J'attrape le miroir et j'ai du mal à en croire mes yeux. Ou plutôt mes sourcils…

Parfaits. PARFAITS ! Comme ceux des magazines. Une jolie ligne qui semble naturelle, structurée juste ce qu'il faut. Mes yeux paraissent plus grands. C'est fou !

« Tu es une magicienne, Souma. Où as-tu appris à faire ça ?

— Chez moi, c'est comme ça qu'on s'épile.

— Merci ! J'adore. Vraiment. »

J'hésite un instant, puis j'ose la serrer dans mes bras. Elle se laisse faire, sans bouger au début, puis finit par me rendre mon étreinte. Franco ne résiste pas et se joint à nous en nous enlaçant comme un enfant jaloux. Ça nous fait tous rire.

Je sens un petit quelque chose presque imperceptible au niveau de mon ventre. Je recule et regarde Souma dans les yeux, étonnée. Elle comprend tout de suite.

« Oui, elle a bougé, me confirme-t-elle.

— Elle ? C'est une fille ? Comment tu le sais ?

— Je ne sais pas. Je le sens depuis le début. »

C'est un peu à contrecœur que je dois repartir de chez Franco, mais j'ai promis à Maria d'aller l'aider pour la décoration du bar. Ce soir, c'est l'apéritif pour le mariage.

Et puis j'ai une nouvelle carte postale à écrire.

20

Maria

« Rassemblez-moi toutes les tables contre le mur ! Voilà, on va y installer le petit buffet. Giogio, tu as les olives ?

— *Si, nonna*. Tu me l'as déjà demandé deux fois.

— Oui, bah, je perds la boule à cause de vous tous. Va aider Sofia à gonfler les ballons ! Dans trente secondes, elle nous fait un malaise. Ses poumons doivent faire la taille d'un œuf au plat… Ugo, lève-toi ! Tu vois bien que tu me déranges ?!

— Ah oui, je veux bien un jus d'orange !

— C'est pas possible. On va jamais s'en sortir. »

Oh pitié, il ne manquait plus qu'elle…

« Bonjour, ma belle-maman chérie.

— TU VOIS ! TU VOOOOIIIS ! Je vais le dire à Pino que tu m'attaques dès que t'arrives. Sofia, t'as vu comme elle m'attaque ?!

— M'enfin, j'ai rien dit…

— M'enfin, elle n'a rien dit ! »

Tout le monde a vraisemblablement décidé de se liguer contre moi. La blondasse se permet même de lever ses grands yeux de traîtresse au ciel. Et de rire, en plus. Si ça, c'est pas le comble de l'impolitesse… Elle embrasse son fils et Sofia et se dirige derrière mon comptoir.

« Mais qu'est-ce que tu fabriques ?

— Eh bien, je viens donner un coup de main, comme tout le monde.

— Tu bosses pas ?

— Non, je suis en congé, aujourd'hui.

— Oui, bah, fais la vaisselle, alors. Et tâche de ne rien casser !

— Chef, oui, chef ! »

Elle m'agace : elle ne s'énerve jamais.

Je l'ai entendue dire à Sofia que c'est grâce à son yoga. Qu'elle évacue sa colère en ouvrant ses crachats, ou un truc comme ça. Le week-end, je la vois sur la plage, avec son tapis et ses fesses en l'air. On dirait une folle. Je n'ai qu'une envie : descendre lui foutre un coup de pied au cul.

Le fleuriste a apporté sa pierre à l'édifice en nous offrant de jolies fleurs, l'épicier nous a préparé des toasts au prosciutto, le prosecco est au frais, Giovanni accroche les derniers ballons, et la greluche n'a miraculeusement rien cassé : tout roule. Il ne nous manque plus que les mariés ; ils arriveront juste après l'église, à 17 h 30.

Je vais laisser ce petit monde dix minutes, le temps d'aller enfiler ma jolie robe, celle à fleurs, la préférée de mon Gennaro. Il faut faire honneur à l'amour.

Avant de partir, j'entends Raffaella demander à Sofia si elle est allée chez le coiffeur. C'est vrai que quelque chose a changé… Je l'ai remarqué dès qu'elle est arrivée, mais je ne saurais pas dire quoi.

« Non non, pourquoi ? dit Sofia.

— Je ne sais pas, tu as quelque chose de différent.

— Ah, oui ! Ce sont mes sourcils. »

C'est ça. Ses sourcils.

21

Sofia

« Mais oui, c'est canon ! me complimente Lella. Tu as fait ça où ?

— Je te raconterai…

— Il me faut cette adresse ! »

Le bar se remplit petit à petit. Même Franco arrive en me faisant un clin d'œil.

« Tout va bien, me chuchote-t-il comme un gamin. J'ai appris à Mustafa à dire *tié* et en même temps à faire les cornes.

— Franco, mais tu as quel âge ?

— 82, *nenné* ! Mais il faut bien lui enseigner à chasser le mauvais œil, au petit ! »

Les cloches de l'église sonnent le début de la nouvelle vie de Gabriella et Riccardo, nos jeunes mariés. Ils seront là dans une bonne demi-heure, après s'être juré amour et fidélité devant leurs familles, Don Aniello et Dieu.

C'est toujours une émotion particulière de voir des copains d'enfance trouver l'amour, fonder une famille, « devenir grands ». Je me demande si un jour je serai à leur place, si Maria, émue, préparera un buffet pour moi aussi. Si mon père me mènera à l'autel, si Luca rentrera d'Australie pour moi, si ma mère et ma *zia* videront plusieurs paquets de mouchoirs, si Benoît fera lui aussi le déplacement depuis Paris, si ma *nonna* ne me manquera pas trop, si Lella fera son plus beau plaidoyer ce jour-là. Car je la veux comme témoin. Et surtout, j'aimerais savoir si Jérôme sera là. Heureux et fier de nous épouser, moi et mon joli pays.

Je profite du calme avant la tempête pour m'isoler dans la salle arrière du bar. Celle que l'on n'utilise que de novembre à mars, quand la chaleur nous boude. Je sors mon ordinateur de mon sac et je réponds enfin à Benoît pour un *teasing* en bonne et due forme.

De : Sofia
À : Benoît

Salut toi,
Oui, je sais, je t'ai laissé sans réponse, et tu vas râler. Mais tu finiras par me pardonner parce que tu m'aimes beaucoup trop pour bouder plus de deux minutes.
J'ai bien reçu les livres, merci beaucoup! J'ai hâte de m'y plonger.
J'aimerais te dire que je vis la *dolce vita*, que je me prélasse sur la plage entre deux chapitres et que j'ai rencontré un bel Italien qui m'a totalement fait oublier Jérôme, mais la vérité, c'est que ma vie est pas mal mouvementée depuis deux semaines (je dois d'ailleurs organiser un voyage à Paris tout bientôt et je ne viendrai pas seule – ne t'emballe pas, hein –, je t'en dis plus très vite! Oui, je suis cruelle : je te laisse bien mijoter!) et que je pense toujours à l'autre connard, d'où mon silence radio.
Je file, je t'embrasse.

En parlant de Jérôme, j'en profite pour lui écrire ma deuxième carte.

Erchie

Pour y arriver, quand on prend la route principale de la côte, il faut être vigilant, et bifurquer, le moment venu, pour emprunter une rue secondaire, et descendre.

C'est un village fantastique, car on ne peut y accéder qu'à pied. Après avoir garé sa voiture ou son scooter dans l'un des parkings à disposition, il faudra marcher.

On tombe tout d'abord sur une place ceinte d'arbres, mais où déjà, à l'arrière, le bleu commence à s'imposer.

Quelques escaliers encore, et là, la magie commence. Des ruelles étroites, des murs d'un blanc immaculé.

En été, les persiennes fermées retiennent la fraîcheur prisonnière.

Il y a un bar où l'on a presque les pieds dans l'eau. Et, partout, des bateaux de pêcheurs, comme des taches de rousseur sur la Méditerranée.

La plage est toute petite, les parasols sont les uns sur les autres, et, en pleine saison, on se croirait dans une piscine municipale. Il faudra donc plutôt venir en avril, lorsque le soleil reprend un peu des forces ; ou en octobre, lorsqu'il n'aura pas encore dit son dernier mot.

Sinon, il faudra aller tout au bout de la plage, sur la gauche, louer un pédalo à un vieux monsieur dont c'est le travail depuis toute une vie – il en a même avec des toboggans –, pour se retrouver, après dix minutes, de l'autre côté du rocher, sur une petite plage déserte seulement accessible par la mer, pour savourer cet endroit en toute tranquillité.

L'eau y est émeraude, les goélands s'y dorent la pilule et viennent y piquer les chips des baigneurs, le mouvement de la Méditerranée, sur les cailloux au bord, crée une mélodie envoûtante qui te berce et t'endort, pendant que les rayons, eux, te dorent doucement la peau.

Erchie est un concentré de beauté. Comme ces tout petits chocolats qui explosent en bouche.

Depuis la mer, la montagne imposante qui domine le village donne le vertige. On se surprend à rêver en voyant les villas haut perchées. On imagine la vue de ces privilégiés au réveil, et alors on plonge de nouveau, histoire de se rafraîchir les idées et de réaliser qu'on est déjà chanceux de pouvoir y goûter.

Maria déboule juste après que j'ai cliqué sur « envoyer ».

« Ils arrivent ! Ce n'est pas le moment de travailler, allez, viens ! Tout le monde est là. »

Dehors, la vieille Fiat 500 noire, qui arbore un immense nœud blanc, nous apporte notre joli couple radieux. Tout l'amour de la Terre s'est mis dans leurs yeux aujourd'hui. Ils ont l'air terriblement heureux, et c'est un bonheur contagieux. Notre petite foule les acclame : on dirait qu'ils viennent de remporter la Coupe du monde de foot.

Maria ouvre le prosecco, et les haut-parleurs sont au max. Elle a choisi *« 24 000 baci »*, de Celentano bien sûr, parfait pour célébrer ce moment. Lucia, la maman de la mariée, vient enlacer Maria et, alors que j'avais retenu mes larmes jusque-là, ce geste fait lâcher les digues.

Les deux femmes travaillent côte à côte depuis des années. La première vend des fruits et légumes, et la deuxième des glaces et des cafés. À elles deux, elles donnent chaque jour à manger et à boire à notre petit village. Des *mammas* qui ont fait de leur amour de nourrir les autres leur métier.

On trinque, on félicite, on danse même un peu, avant de laisser Gabriella et Riccardo rejoindre leurs familles et leurs invités. Que c'est beau, tous ces gens, toutes ces générations qui se mélangent, tous ces sourires, et cet amour.

J'aimerais que Souma et Mustafa participent à la fête, puis je me souviens qu'une bonne partie des personnes présentes remballeraient alors sourire et amour, pour les ranger dans un coffre fermé à double tour.

22

Maria

Il ne reste plus que Don Aniello et moi. On sirote un Amaro del Capo en s'émerveillant du ciel, particulièrement étoilé ce soir. C'est un bon présage, demain la journée sera belle. Il y a encore un couple de jeunes amoureux au loin sur la plage, enlacé et heureux. Ma terrasse est vide, tout le monde est rentré après avoir aidé à ranger. Même Franco est parti.

En ce moment, il arrive plus tard le matin, et il retourne chez lui plus tôt le soir. Lui qui n'a jamais hâte de retrouver la solitude de sa maison et qui propose toujours une dernière partie de scopa, il agit plutôt bizarrement, ces derniers jours. Il nous a même dit qu'il ne fallait pas s'inquiéter de ne pas le voir samedi, qu'il avait décidé de partir pour la journée rendre visite à sa nièce qui vit à une vingtaine de kilomètres d'ici… Personne n'en a jamais entendu parler, de la nièce en question.

Son comportement aurait plutôt tendance à m'alarmer, mais je dois avouer que je ne l'ai jamais vu si souriant. Alors que les années avaient depuis longtemps commencé à le courber, soudain, il a l'air de s'être redressé. Comme si quelqu'un, de là-haut, à l'aide d'un fil invisible, avait petit à petit hissé sa tête pour qu'il porte beau de nouveau.

« Je ne t'ai pas vue à l'église, dimanche, me lance le prêtre.

— Avec tout le respect que je te dois, Don Aniello, je n'y suis pas les autres dimanches non plus !

— Oui, mais c'était un jour particulier…

— Pas pour moi.

— Tout le monde était là. Même Pino.

— Tant mieux pour toi, ça t'a fait plus de sous pour la quête… Les mariés étaient beaux aujourd'hui.

— Très. Tu sais que je l'avais baptisée, cette petite. Comme le temps passe.

— C'est un beau métier que de célébrer la naissance et l'amour.

— Oui, c'est presque toujours une bénédiction de faire ce que je fais.

— Presque toujours ? Bah alors ! Dieu ne serait pas un patron irréprochable ?

— Parfois c'est un peu difficile, d'obéir à ses ordres…

— Quand ça ?

— Quand il me demande d'enterrer mes amis, par exemple. »

23

Sofia

Nous sommes partis à 7 heures du matin. Lella est venue nous chercher – avant que le village se lève –, pour nous emmener à la plage. C'est une surprise. J'ai dit à Souma qu'on allait se promener. Elle avait très peur de sortir, mais je l'ai rassurée. Il suffit de porter des vêtements propres et à la mode, et d'être accompagnés d'Italiens pour passer du statut de réfugiés sans papier que l'on regarde de travers à celui d'étrangers en vacances que l'on accueille avec le sourire. Ça ne tient pas à grand-chose, finalement. L'apparence, c'est tout ce qui compte, dans ce monde.

Dans le coffre : brassards, seau, pelles et petit arrosoir n'attendent que Mustafa pour retrouver une nouvelle jeunesse. Lella a ressorti tout ce bazar de sa cave et de l'enfance de son fils.

Franco, à l'avant de la voiture, affiche un sourire contagieux. Nous nous dirigeons vers Paestum, au sud de Salerno, histoire de nous éloigner de notre coin et d'être sûrs de ne croiser personne. Lella a prétexté une journée entre filles. Son mari est de garde, et cela fait quelque temps qu'une virée à la mer avec sa maman ne fait plus rêver son préado. Maria va encore dire qu'elle les a lâchement abandonnés…

Nous faisons un premier arrêt dans un bar non loin du site archéologique. *Cappuccino* et *cornetto* pour tous. Même Mustafa a le droit de tremper son croissant dans la mousse de lait de Franco. Ce dernier nous fait remarquer que c'est bien meilleur – et moins cher – chez notre Maria.

Lella est toujours sur le dossier de demande d'asile. Elle va avoir besoin d'informations précises et d'un courrier dans lequel Souma devra expliquer les raisons de sa venue en Italie. Lorsque tout sera prêt, elle ira le déposer auprès des autorités et elle demandera à être convoquée directement à la commission territoriale, auprès de laquelle Souma devra éventuellement se présenter. Lella la rassure : elle l'accompagnera dans toutes les démarches, elle n'est pas seule. Elle s'occupera de la partie juridique, et moi de la traduction.

« Ils ne vont pas nous renvoyer ?

— Nous allons nous battre pour que vous puissiez rester.

— Tu peux leur dire, à tes juges, que ces deux-là ont un foyer, intervient Franco. Que je peux les prendre en charge, qu'on ne leur réclamera même pas d'argent. Juste des papiers.

— Ce n'est pas si facile, répond Lella. Mais le fait qu'ils aient une adresse est une bonne chose. »

Nous nous garons enfin devant un *lido*, une plage privée, et demandons deux parasols et quatre chaises longues pour la journée. Il n'y a personne en ce tout début de saison, à part quelques couples de retraités venus profiter de ce samedi ensoleillé. Un jeune homme nous invite à le suivre afin de nous installer, mais, une fois arrivée face à la mer, Souma commence à être prise de tremblements. Je tente alors de la rassurer, mais elle ne répond pas. Elle reste figée.

Mustafa entraîne déjà Franco sur le sable. Leurs quatre-vingts ans d'écart s'effacent comme par magie. Nous obligeons Souma à s'asseoir à l'ombre. Lella semble aussi inquiète que je le suis et part lui chercher un verre d'eau. J'implore Souma de me parler, de m'expliquer ce qui ne va pas. Elle me regarde enfin.

Je n'arrive pas à définir ce que je lis dans ses yeux. De la terreur, de la haine, de la tristesse. Ou peut-être est-ce un mélange de tout cela. Puis elle lâche soudainement :

« Il y a eu trop de morts, là ! La mer sent la mort ! »

Je reçois ces mots comme une gifle.

Pour moi, la mort, c'est le front froid de ma grand-mère sous mes lèvres lors de notre dernier au revoir.

C'est sa main qui ne réagit plus quand je la caresse et qui n'essuie pas mes larmes de chagrin.

C'est l'éventail que je lui avais rapporté d'un voyage en Grèce, qui reste immobile.

La mort, c'est la chaise vide sur la terrasse, la boîte à couture qui demeure fermée, le parfum que je continue de chercher partout et que les années ont fini par totalement emporter.

Comment ai-je pu être si stupide ? Je me sens bête, j'ai tellement honte. Je n'ai pensé qu'à moi, qu'au bonheur de leur offrir cette journée, sans réfléchir un seul instant. J'ai envie de demander pardon à Souma, je n'y parviens pas. Je me retiens de pleurer pour ne pas être encore plus indécente. Je voudrais disparaître.

Au bout de plusieurs minutes, ses tremblements se calment un peu. Elle surveille au loin son fils, qui construit un château de sable avec Franco. Malgré ce qu'elle ressent, elle ne doit pas vouloir le priver de ce moment de liberté, car lorsque je lui propose de rentrer, elle fait non de la tête.

Nous passons la journée là, elle et moi, sur ce fauteuil face à la mer.

Mustafa a ri, trempé ses petits pieds dans l'eau, creusé le sable, mangé un gros bout de pizza, fait une sieste à l'ombre et dégusté une glace au chocolat.

Franco et Lella ont veillé sur lui et sur son innocence.

24

Maria

Aujourd'hui, c'est la Saint-Ugo, alors il m'a prévenue dès son arrivée.

« Mari', tous les cafés sont pour moi ce matin, c'est ma tournée !

— D'accord.

— Sauf à mon connard de beau-frère, bien entendu. Plutôt mourir. Je ne peux pas voir sa sale gueule. »

Et c'est reparti pour un tour…

« Oui, Ugo. On le sait tous.

— Il m'a volé mes terres !

— Ça aussi, on le sait. On n'en peut plus, de cette histoire…

— C'est un enfoiré de traître ! Je le répéterai jusqu'à ma mort ! Allez, va, donne-moi les cartes. »

Son addition risque d'être salée, aujourd'hui. Il ne sait pas que c'est la première réunion de l'association de l'église pour organiser la fête de cet été…

Depuis cinq ans, au mois de juillet, c'est la fête dans notre village pendant trois jours, grâce à cette belle équipe. Des hommes, des femmes, de tous les âges. À leur tête, Antonio et son autorité naturelle – qu'il doit tenir de sa mère. Il faut au moins ça pour canaliser tout ce petit monde.

Bien évidemment, ils ont choisi mon bar comme QG, et chaque réunion vire systématiquement à la cacophonie générale. Ce matin, je disais à mon Gennaro que j'envierais presque l'ouïe d'Ugo dans ces moments-là. Ils vont choisir le programme, décider quels artistes inviter, lister les bénévoles qui se chargeront des plats et des desserts à vendre, et aussi trouver des sponsors auprès des commerçants du village.

L'année dernière, ils ont réussi à récolter mille euros pour une association qui vient en aide aux enfants hospitalisés, et pas mal de fonds pour organiser une grande fête de San Martino en hiver. C'est vraiment un bel exploit, et je dois dire que je suis fière que mon bar soit le siège de ces belles initiatives.

Je rassemble trois petites tables pour préparer leur venue en fredonnant « *Per averti* » d'Adriano. Giogio arrive avec sa mère. Lorsqu'elle ne part pas trop tôt au travail, elle prend quand même le temps de petit-déjeuner avec son fils.

« *Ciao, nonna !*

— *Amore di nonna,* bonjour ! »

Qu'il est beau ! C'est mon Pino tout craché…

Si on omet les yeux bleus et les cheveux blonds de sa mère.

Et son nez, et sa fossette sur la joue droite.

Bref.

« Bonjour, Maria, vous allez bien ? »

Ouais, salut, la moche.

Je ne lui réponds même pas.

Tandis qu'ils s'installent, je prépare un *cappuccino* pour mon petit-fils. Avec une part de *torta* Caprese. Et un *ristretto* à sa mère, avec un croissant à la crème.

Parce que je sais qu'elle préfère les *cornetti* fourrés à la confiture.

Alors je la regarderai se lever imperturbablement, comme elle le fait depuis des années, passer derrière le comptoir et procéder elle-même à l'échange.

J'admets que l'emmerder est mon passe-temps favori.

Je dépose le tout devant eux, retourne à ma place et attends d'assister à la scène.

Mais il semblerait qu'aujourd'hui elle ait décidé de me gâcher aussi ça.

Elle m'adresse un grand sourire, croque dans le *cornetto* et me lance :

« Mais c'est délicieux ! Merci, Maria d'avoir tant insisté pour que je goûte à cette merveille. Comment ai-je pu passer à côté si longtemps ?… Heureusement que vous êtes là, avec votre persévérance et votre bienveillance. Je vais vous en prendre cinq autres pour les apporter à mes collègues. »

Je reste bouche bée.

Mon petit-fils étouffe un rire dans sa barbe – enfin, dans les trois poils qui se battent en duel sur son menton. Et j'entends Franco, le perfide, dans son coin…

« Score à 8 heures : Lella, 1 – Maria, 0 ! »

25

Sofia

Nous avons rempli le formulaire que Lella nous avait apporté et rédigé un courrier exposant les motivations de Souma. J'ai dû lui redemander où se trouvait le père de ses enfants. Cette fois, elle a bien été forcée de me répondre…

« Mort. »

Elle m'a demandé si elle était obligée d'expliquer comment. Je lui ai assuré qu'elle n'était obligée de rien, mais qu'il n'était pas impossible qu'on lui pose la question si la commission la convoquait. Nous avons précisé que Souma et Mustafa avaient un foyer, que Franco les hébergeait. Il a d'ailleurs tenu à me dicter une lettre, lui aussi.

« C'est toi qui écris, *nenné*. Moi, je n'ai fait que trois ans d'école primaire. Je ne suis pas doué pour ça. »

Peut-être pas pour écrire, mais pour expliquer à quel point il est heureux depuis que ces deux-là sont entrés dans sa vie, il excelle. J'ai dû retenir mes larmes à plusieurs reprises.

« Cher monsieur le juge. Ou madame la juge ? Comment on fait, pour savoir ? Bon… Mets juste :

“Juge”. Juge, j’ai de nouveau un but dans ma vie : prendre soin d’eux, faire du café le matin, jouer avec Mustafa aux petites voitures. *Nenné*, dis-leur que cet enfant, c’est le soleil. Dis-leur que je pourrais passer des heures à le faire rire. Que j’aimerais lui apprendre à jardiner, que je voudrais offrir un berceau à ce bébé à naître, enseigner à Souma à cuisiner du *ragù*. Parce qu’elle trouve le mien délicieux ! Ils sont les enfants et les petits-enfants que le bon Dieu n’a jamais voulu me donner… Peut-être parce qu’il savait qu’ils finiraient par arriver dans mon poulailler. Je n’ai qu’un seul regret : que ma Rosa ne soit plus là pour vivre ce bonheur avec moi, et pour qu’ils reçoivent double dose d’amour. »

J’ajoute ma pierre à l’édifice. Dans une lettre manuscrite, j’affirme que Souma a déjà commencé à prendre des cours d’italien avec moi et que je m’engage à lui enseigner la langue. J’explique sa motivation, sa volonté d’apprendre, de s’intégrer pour pouvoir rapidement trouver un travail et subvenir à ses besoins et à ceux de ses enfants.

J’apporte à Lella le dossier complet chez Maria. Elle est plutôt confiante mais ne veut pas nous donner de faux espoirs. Elle nous demande de continuer à être discrets au village, afin qu’ils ne soient pas obligés de retourner dans un centre.

J’arrive juste à temps pour assister à la réunion de l’association. Cette année, je leur assure mon aide pour la fête d’été. Mon cousin me confie la mission d’imaginer le futur flyer qui devra comporter le menu, la programmation, les sponsors et un slogan. J’accepte avec joie. C’est la première fois que je pourrai suivre les préparatifs depuis le début. D’habitude, je rentre en Italie juste pour profiter du résultat.

Je me laisse faire pour une partie de scopa avec Franco, Luciano et Ugo qui distribue déjà les cartes.

« Alors, on part quand, à Paris ? »

Luciano lance la question en même temps qu'un as sur la table. J'avais complètement oublié cette histoire. Pas lui, visiblement. Je jette un regard à Franco, qui ne m'est d'aucun secours, et je dois donc me débrouiller toute seule. J'essaie de temporiser.

« Eh bien, je ne sais pas... Il faut voir avec l'emploi du temps de tout le monde ; ce n'est pas une organisation facile.

— Mais qu'est-ce que tu racontes, *nenné* : on est tous retraités, de quel emploi du temps tu parles ? Quand ça va pour toi, on part !

— Scopa ! »

C'est Ugo qui remporte la première scopa de la partie.

« Bon, très bien. Mais là, j'ai pas mal de travail. Je dois retourner en France avant les vacances d'été, pour le boulot, justement. Vous pourrez m'accompagner à ce moment-là...

— Parfait, *signorinà* ! conclut Franco.

— On dit "mademoiselle", en français.

— Parfait, madémouasé ! »

Luciano nous a encore battus. Je les laisse et profite du calme de cette fin de matinée pour m'isoler sur la plage et écrire ma troisième carte postale avant d'aller retrouver *zia* pour le déjeuner.

Positano

Je me demande ce qui n'a pas encore été dit sur cette ville.

J'aimerais un jour écrire un roman dont elle illustrerait la couverture.

Sa beauté est dans chaque recoin.

On la respecte comme un lieu sacré ; les touristes que le traghetto *déverse à ses pieds sans trêve sont priés de ne pas se promener dans ses rues torse nu ou en maillot, même sous quarante degrés. Positano* exige *une tenue correcte.*

Les cailloux de sa plage minuscule sont autant de barbelés. On dirait qu'ils n'ont pas envie qu'on vienne les piétiner ou que ça les amuse de voir des démarches mal assurées. Mais se baigner là vaut bien quelques difficultés.

Ici, le ciel est si beau qu'on lui offre des fleurs. Le violet et le rose du bougainvillier qui se tricote aux canisses et aux pergolas assurent un toit d'ombre et de poésie aux ruelles.

Mais attention : dans les bars et les restaurants, tout se vend à prix d'or. C'est comme si l'on avait mis Paris en bord de mer. Positano est un produit de luxe.

Elle est majestueuse et fragile. Minuscule et délicate.

On aurait envie de la glisser tout entière dans un écrin, pour la protéger.

Elle est la dernière merveille de cette côte sublime, comme une récompense après la longue route qui y mène.

Comme un point d'exclamation après une déclaration d'amour enflammée.

26

Maria

C'est jour de colis pour Mme de Rosa.

Une semaine sur deux, depuis deux ans environ, elle prépare un paquet pour son fils parti étudier dans le Nord. À l'intérieur, que des bonnes choses : de la mozzarella *di bufala*, de la *seppersata*, du *caciocavallo*, des conserves maison. Jusque-là, rien d'anormal : ce sont des produits locaux qu'il ne peut pas trouver à Milan où il vit.

Là où ça devient plus loufoque, c'est qu'elle y ajoute des boîtes de thon, par exemple. De celles que l'on peut dégoter dans n'importe quelle grande surface, sûrement même à l'étranger. Et… des chips ! Elle vient chez moi acheter les chips préférées de son fiston adoré « parce qu'il sait que ça vient de chez toi, et ça lui fait plaisir ».

Alors bon, si ça lui fait plaisir…

J'ai regardé : celles que je vends sont fabriquées près de Milan, justement. J'ai eu beau lui expliquer que les chips se tapaient huit cents kilomètres vers le sud pour ensuite remonter chez son fils, et que c'était une vie un peu mouvementée pour des chips, ça ne l'a pas arrêtée. Il faut dire qu'elle me prend aussi une demi-*torta*

Caprese, que l'on emballe soigneusement dans un plat adapté. Ça, c'est certain, ça lui rappellera la maison.

Elle se ruine en frais postaux, et je doute que son fils réussisse à engloutir tout ça en deux semaines, mais c'est sa façon à elle d'être auprès de lui. Lorsque les enfants partent, ces femmes-là sont perdues. Et ils partent de plus en plus.

C'est compliqué, de rester ici. Il n'y a pas beaucoup de travail, et quand il y en a, il est mal payé. Pour construire sa vie et se donner une chance de s'en sortir, il faut s'éloigner. Il y a tellement de jeunes qui migrent au nord que, bientôt, la botte finira par pencher !

« *Signora* de Rosa, Citroen C3 grise, plaque Eboli Bari 189 Domodossola Cremona, bonjour ! »

C'est Andrea. Il connaît chaque habitant du village, son véhicule et sa plaque d'immatriculation par cœur – et ce depuis qu'il sait parler. Pour épeler les lettres qui composent la plaque, il donne systématiquement le nom d'une ville, afin qu'il n'y ait pas d'erreur possible.

Il a bientôt 40 ans et a toujours été la personne étrange de service. Il est toujours mal coiffé, même lorsqu'il sort de chez la coiffeuse. Elle le peigne, il se décoiffe. Parce qu'il dit qu'il n'aime pas les gens trop « bien rangés ». Il regarde le monde à travers les épais verres de ses lunettes démodées et il a décidé de rester un enfant. Même lorsque la vie a voulu qu'il grandisse d'un coup en lui enlevant son petit frère adoré, dans un tragique accident de scooter.

C'est un hypersensible, et dans cette société, c'est un handicap. Alors il vit toujours chez ses parents qui, malgré leur âge avancé, prennent soin de lui. On le voit souvent qui se promène avec son père, main dans la main sur la plage, et je croise parfois Mme Esposito au marché en train de lui choisir ses vêtements.

« Bonjour, Andrea. Comment tu vas ? lui demande Mme de Rosa.

— Très bien, merci. J'ai appris deux nouvelles plaques aujourd'hui, dont celle de ta belle-fille, Maria : Audi A1 blanche Salerno Roma 218 Cagliari Venezia. Je n'avais pas encore vu sa nouvelle voiture. Très jolie ! Je l'ai croisée ce matin en venant, elle allait chez Franco.

— Elle allait chez Franco ? Tu es sûr de toi, Andrè ? Mais qu'est-ce qu'elle fichait là-bas ?

— Ah, sûr de sûr ! Et je n'en sais rien, ce qu'elle y faisait, moi. Ce sont les voitures qui m'intéressent, pas la vie des gens. Je peux avoir un *cappuccino* ?... »

Mais qu'est-ce que cette garce pouvait bien trafiquer chez Franco alors que lui est ici ?

Je sers son *cappuccino* à Andrea et décide d'appeler Raffaella pour savoir de quoi il retourne.

« Allô ? Tu sais où est mon petit-fils ? J'ai besoin d'un coup de main pour déplacer le petit frigo.

— Bah, Maria, il est en cours !

— Ah mais oui, que tu es bête...

— Vous voulez dire : “que je suis bête” ?!

— Oui, c'est ce que j'ai dit. Bon, et toi, tu es dans le coin, non ? T'as qu'à venir m'aider !

— Non, je suis au bureau, désolée. Mais je rentre certainement déjeuner, je passerai à ce moment-là, si vous voulez. »

Elle ment. Elle ne peut pas déjà être au bureau si Andrea vient de la voir.

« Oui, allez, c'est ça, à tout à l'heure. »

Sofia n'est pas là non plus, ce matin. Quelque chose ne tourne pas rond.

J'entends Luciano qui se plaint.

« Bon, Franco, tu joues ? Qu'est-ce que tu as ? Tu es dans la lune, ce matin ! »

Effectivement, Franco semble complètement absent. Il ne tient pas en place sur sa chaise et il n'arrête pas de regarder l'heure.

Quelque chose ne tourne vraiment pas rond.

27

Sofia

Lorsque Franco m'a ouvert la porte, ce matin, j'ai tout de suite compris que quelque chose n'allait pas. Sa maison était trop calme, et lui portait un masque d'inquiétude.

« Qu'est-ce qui se passe ?

— C'est le petit, il n'est pas bien, *nenné*. Je ne sais pas ce qu'il a. »

Je me rue dans la chambre de Franco où je trouve Souma, avec Mustafa endormi dans les bras.

« Il a de la fièvre, m'annonce-t-elle. Beaucoup. Et il a vomi. »

Ne pas paniquer.

« *NENNÉ*, COMMENT ON VA FAIRE ? IL FAUT LE SOIGNER. IL FAUT L'HÔPITAL. IL FAUT L'OPÉRER, *NENNÉ*. *NENNÉ*, FAIS QUELQUE CHOSE !!! »

OK, Franco disjoncte.

Il fait les cent pas dans la pièce, les mains en l'air. J'essaie de le rassurer, je lui dis que ce n'est pas anormal : les enfants sont souvent malades – enfin, je crois –, que je vais appeler Lella pour savoir si je peux contacter notre médecin, le docteur Alberto, ou s'il faut l'emmener ailleurs. Et tout va bien se passer.

« Franco, il est déjà tard, il va falloir que tu ailles chez Maria, d'accord ? On s'occupe de Mustafa, promis. »

Lella n'était pas encore partie au travail, alors elle est arrivée rapidement. Nous avons décidé de joindre le médecin du village ; il est tenu au secret professionnel. Je lui ai demandé de venir chez Franco, en précisant que ce n'était pas pour lui, et que l'on comptait sur sa discrétion. Il nous a répondu qu'il passerait au plus vite.

Depuis, on attend.

Elles sont deux mamans, à veiller sur Mustafa. Je les regarde faire. Elles connaissent les gestes, les mots rassurants, elles savent ce qui soulage. Elles ne paniquent pas. Lella apporte un linge humide que Souma pose sur la petite tête de l'enfant. L'amour maternel est un médicament puissant.

Je me sens inutile.

Est-ce que ça s'apprend ?

Être mère, je veux dire. Ou alors est-ce que ça vient naturellement une fois que l'on nous pose notre enfant dans les bras ?

Il est presque 11 heures lorsqu'on sonne à la porte. Je fais entrer le docteur. Il y a plein de questions dans son regard, mais il n'en formule aucune. Pour l'instant, je le conduis à Mustafa pour qu'il l'examine. Le petit se réveille. Il a peur, s'accroche à sa maman. Le docteur le rassure et, même si Mustafa ne le comprend pas, ça marche. Il lui explique qu'il va écouter son cœur, ses poumons, lui montre la petite lampe pour observer ses oreilles. Mustafa ne pleure plus.

Une fois la visite terminée, j'invite le médecin à s'asseoir dans la cuisine. Lella lui propose un café, qu'il accepte.

« Je vais vous expliquer, docteur, lui dis-je. Mais d'abord, dites-moi ce qu'a Mustafa.

— Probablement un virus. Rien d'inquiétant pour moi. Il devrait être sur pied dans quelques jours. Je vais te prescrire de quoi faire baisser la fièvre et soulager son estomac. S'il ne va pas mieux dans quarante-huit heures, ou si son état s'aggrave, appelle-moi tout de suite.

— Merci, docteur.

— Sofia, écoute. Je ne veux pas savoir, tu n'es pas obligée de m'expliquer. Je veux juste que tu saches que tu peux m'appeler si besoin. La maman du petit est enceinte, il faut surveiller sa santé et celle du bébé. »

Il me dit qu'il repassera dans trois jours voir si le petit se porte mieux. Et avant de partir, il ajoute une dernière chose.

« Va chercher les médicaments au village d'à côté. Ce sont des dosages pour enfant ; le pharmacien, ici, risque de se mêler de ce qui ne le regarde pas. Et, pour le connaître un peu, il ne peut pas faire partie de ceux qui sont dans la confidence. »

Je lui promets d'être prudente et le raccompagne à la porte. Le téléphone de Lella sonne pile à ce moment. En raccrochant, elle me dit :

« On est dans la merde. Maria sait que j'ai menti. Que Dieu nous vienne en aide !… »

28

Maria

J'ai reçu une nouvelle carte postale au courrier.

« *Ciao Maria. Baci da Berlino !* »

C'est Federica, la fille du boucher, qui m'envoie des baisers depuis l'Allemagne. Elle est en voyage scolaire. C'est la première fois qu'elle quitte la maison ; son père est hyper-angoissé et a la tête complètement ailleurs depuis qu'elle est partie. L'autre jour, il m'a servi des cuisses de poulet alors que je lui avais demandé de la viande hachée.

Mes jeunes (et moins jeunes) n'oublient jamais de me poster un petit mot quand ils sont en vadrouille. J'ai un mur entier rempli de pensées qui m'arrivent de tous les endroits du monde. À moi qui n'ai jamais quitté l'Italie, ces images permettent de voyager.

Ma belle-fille se pointe la bouche en cœur à l'heure du déjeuner, comme prévu.

« Alors, on le met où, ce frigo ?

— Hein ?

— Vous ne vouliez pas déplacer le frigo ?

— Ah oui, eh bien, j'ai dû le déplacer sans toi, puisque tu n'as pas voulu m'aider ce matin.

— Mais il est au même endroit que d'habitude !

— Tout à fait. Je l'ai bougé, puis je l'ai remis là. Ça te pose un problème ? »

Elle tourne les talons sans même prendre la peine de me répondre et s'installe en terrasse.

« Pino ne va pas tarder, je l'attends ici, si ça ne vous dérange pas. »

Je fais mine de nettoyer les tables déjà propres pour l'observer du coin de l'œil. Elle pianote sur son smartphone et m'ignore.

« Tu étais à Salerno, ce matin ?

— Oui, au bureau, je vous l'ai dit au téléphone. »

Elle ment comme une professionnelle. Bon, en même temps, c'est effectivement son métier.

« Tu es partie tôt ?

— Assez…

— J'ai cru voir ta voiture passer, vers 9 heures.

— Eh bien, c'est que votre vue commence peut-être à baisser. Avec l'âge, c'est normal. J'ai un très bon ami ophtalmo, je peux vous obtenir un rendez-vous rapidement, si vous voulez. »

Une seconde avant que je succombe à ma pulsion – j'ai tellement envie de lui pulvériser mon spray nettoyant dans les yeux –, mon fils arrive. Il nous embrasse à tour de rôle et lance :

« C'est toujours un plaisir de vous voir ensemble. Ça respire la bonne entente, ici ! »

C'est peut-être lui que je vais tuer, finalement.

« Maman, on va manger au restaurant à midi, avec Giovanni. Tu te joins à nous ? »

J'aimerais tellement dire oui juste pour emmerder sa femme. Mais j'aime déjeuner avec mon mari plus que je ne la déteste elle, alors je décline.

« Comme tu veux. Je viendrai prendre le relais à la réouverture, à 16 heures. Je ne bosse pas, profites-en pour te reposer, *mammà*. Tu as l'air fatigué. »

Mon Giogio débarque, me pince les joues en guise de bonjour, se sert un Coca et s'assied avec ses parents. En les voyant tous les trois rire à cette table, j'admets qu'ils forment une belle famille. Mon fils, je ne sais toujours pas pour quelle fichue raison, semble totalement amoureux de sa blonde, et elle, elle a carrément des cœurs à la place des yeux. Tout cet amour me filerait presque la nausée.

Mais c'est un autre sentiment qui prend le dessus, un sentiment que je n'avouerais même pas sous la torture. Je suis heureuse pour eux. Si heureuse que j'ai beau essayer de la contenir de toutes mes forces, une larme finit quand même par s'échapper.

Il faut peut-être vraiment que j'aille consulter.

29

Sofia

J'ai pris mon scooter pour aller à la pharmacie. C'est un vieux machin tout cabossé couleur crème, que j'ai récupéré de mon cousin.

En passant devant la station essence du village, j'ai vu Primo me faire signe. Alors je me suis arrêtée. Primo, c'est l'aîné de la famille, et il travaille avec ses deux frères, Secondo et Terzo. Je les connais depuis que je suis toute petite, mais le fait qu'ils s'appellent « Premier », « Deuxième » et « Troisième » me fait, aujourd'hui encore, pouffer de rire. J'ai souvent jugé ma mère pour m'avoir attribué un prénom un peu au hasard (heureusement que ce soir-là elle ne regardait pas un film avec Dalida), mais je dois dire que ce n'est rien comparé aux parents de ces trois-là !

Primo n'était vraiment pas content de l'état de mes pneus, et m'a sommé d'aller voir Terzo pour qu'il me les regonfle. Puis, j'ai repris la route. En général, je me sers surtout de mon scooter pour aller me promener sur la côte, mais la plupart du temps je préfère marcher. Mon casque, lui, est flambant neuf, pour un maximum de sécurité. Je roule à peu près à douze kilomètres/heure.

La vitesse m'a toujours fait peur et, ici, le code de la route est une option pour la plupart des conducteurs. On double à droite, à gauche; s'ils le pouvaient, certains doubleraient même par-dessus. Quant aux ronds-points, c'est un vrai piège. Mettez un Français là-dedans, il deviendrait fou. C'est simple : si on y entre, on ne sait ni quand ni comment on finira par en ressortir. La priorité est à celui qui la prend. Dans ma région, les assurances pour les deux-roues sont trois fois plus chères que dans le nord de l'Italie. Ça résume bien la situation…

À mon retour, Franco était revenu de chez Maria et veillait Mustafa. Souma lui a administré un suppositoire pour la fièvre et donné du sirop pour apaiser son ventre. Au bout d'une demi-heure, sa température commençait déjà à baisser, et il réclamait à manger. Franco s'est proposé de lui préparer du riz, et m'a assuré qu'il gérait la situation et que je pouvais aller déjeuner chez ma tante.

À mon arrivée chez *zia*, elle avait déjà dressé la table. Ça sent beaucoup trop bon : je crois qu'elle a encore préparé un festin pour dix personnes.

« *Bella*, tout va bien ?

— Tout va bien, *zia*. Et toi ?

— Toujours, quand on mange toutes les deux ! »

Mais, même quand elle va mal, elle dit qu'elle va bien. Ma tante n'a jamais montré un signe de faiblesse. Je l'ai vue pleurer à la mort de son père puis, deux ans plus tard, à celle de sa mère. Mais ça a été aussi intense que bref.

Surtout pour sa mère. Le décès de mon grand-père ayant été comme une sorte de répétition générale où ma grand-mère lui avait montré tout ce qu'il fallait faire. Alors, lorsque c'est ma *nonna* qui est morte, *zia* a déchargé sa peine d'un coup, en criant, en la serrant contre elle, et en déversant toutes les larmes que je ne l'avais jamais vue verser. Puis elle s'est relevée et elle a immédiatement repris le contrôle de la situation.

Ici, les enterrements ont lieu très vite, souvent le lendemain du décès. Surtout si le défunt n'est pas à l'hôpital. Il n'y a pas de temps pour s'apitoyer sur son sort. La famille, les proches, les amis, les voisins commencent à arriver rapidement pour la veillée, il faut contacter le médecin, les pompes funèbres, le curé. On aura de la peine plus tard.

Gianna a géré tout ça d'une main de maître, comme sa mère l'aurait voulu. Elle a d'abord nettoyé la maison, entièrement, pour qu'on vienne nous faire des condoléances sur un sol brillant. Ma *nonna* était une maniaque. Tenir son foyer, c'était toute sa vie, faire le ménage une religion, et elle a transmis ça à sa fille.

Mon père, lui, n'a fait que pleurer comme le bébé qu'on redevient lorsque la vie nous enlève ceux qui nous ont mis au monde, et il n'a pas lâché la main de ma *nonna* jusqu'à ce qu'on la mette dans son cercueil. J'ai beau aimer cette femme de tout mon cœur, je me suis rendu compte ce jour-là à quel point elle avait élevé ses enfants de façon différente. Je dis *elle* parce que ce n'était que son rôle ; ça allait de pair avec l'entretien de la maison.

Pendant que sa fille intériorisait son chagrin, son fils, lui, ne s'occupait que de sa tristesse. Il en avait le droit – son seul garçon, son aîné, celui qu'elle avait tant couvé et à qui elle a tout pardonné. Sa sœur se chargerait bien du reste. Ce n'est pas la faute de mon père, ni celle de ma grand-mère, au fond, mais celle de la société tout entière.

Lorsqu'un jour mon oncle a décidé de la quitter après vingt-cinq ans de mariage et autant d'années à lui être dévouée, ma *zia* a de nouveau pleuré. En lui faisant sa valise, pour que tout soit bien rangé. Puis elle a ravalé ses larmes et sa fierté, et elle a continué d'avancer, seule, la tête haute, mais avec un bout de cœur en moins.

Ma tante n'a pas eu de fille, mais elle a quand même reproduit le schéma. J'adore mon cousin Antonio, mais il ne sait rien faire de ses dix doigts. Il est incapable de faire cuire des pâtes et, alors qu'il a un diplôme d'ingénieur, faire tourner une machine est paraît-il au-delà de ses compétences.

La vie et les mères sont bien plus douces avec les hommes qu'avec les femmes.

30

Maria

J'ai fait l'impasse sur ma sieste pour planquer devant chez Franco. Je veux comprendre ce comportement suspect depuis quelques semaines et savoir ce que ma belle-fille fichait chez lui. J'ai emprunté les jumelles de Gennaro, apporté un petit tabouret pliable et des mots croisés.

J'ai vu ça dans les films américains : parfois, la planque peut durer longtemps. J'aurais aussi dû prendre le reste des beignets de légumes de midi, mais tant pis, je mourrai de faim s'il le faut.

Je suis cachée dans la ruelle en contrebas. Franco vit dans une rue sans issue, et il n'a pas de voisin. Derrière moi, la route s'arrête et laisse place à des terres que cultivent les paysans du village. Si quelqu'un veut aller chez Franco, il arrivera forcément d'en face. J'ai vue sur l'arrière de sa maison, sur son petit balcon qui donne sur son jardin, lui-même entouré par un mur de pierres pas très haut.

Au bout d'une heure, toujours rien. Vers 15 h 30, ça bouge enfin. Je crois apercevoir Sofia.

Je règle mes jumelles et, contrairement à ce que m'a dit l'autre pimbêche ce matin, mes yeux ne me font pas du tout défaut. C'est bien elle, dans sa robe verte à fleurs, avec ses ballerines, son chignon haut et son ordinateur sous le bras. Une vraie petite Française qui vient sonner à la porte de Franco.

Environ dix minutes plus tard, je la vois s'installer sur le balcon, poser son ordinateur sur la table et commencer à pianoter. Pourquoi vient-elle ici, elle aussi ? Pourquoi est-ce qu'elle ne travaille pas au bar ou chez elle, comme d'habitude ?

J'enquête, et voilà que je me retrouve avec encore plus de questions que de réponses…

Au bout de trente minutes, je commence à en avoir marre de la regarder tapoter et je m'apprête à repartir lorsque j'aperçois du mouvement sur le balcon.

Sofia se penche, ramasse quelque chose à ses pieds et le tend à… un enfant ?!

Oui, *Dio mio*, c'est bien un enfant. Un petit garçon !

Pantalon bleu, T-shirt blanc.

Peau noire.

Je suis sur les fesses !

Littéralement. Le tabouret a lâché, et je suis tombée à terre comme une merde.

Le temps de me relever – quelques minutes, mes genoux ne sont plus ce qu'ils étaient –, le balcon est vide. Et moi, j'ai mal au cul.

31

Sofia

Je repars de chez Franco le cœur plus léger. Mustafa va mieux, même s'il a encore un peu de fièvre. Il joue, il mange, et nous, on respire.

J'arrive chez moi, m'allonge sur le lit et, comme chaque fois que trop d'idées envahissent ma tête, j'attrape un chapelet de ma *nonna* pour me concentrer et faire le tri.

Normalement, à chaque petite boule correspond un *Ave Maria* ; moi, j'ai adapté cela à ma sauce. À chaque petite boule, une pensée, parfois un problème. Pas le droit d'avancer avant de l'avoir analysé et/ou d'avoir trouvé une solution.

Première petite boule : Lella vient de m'appeler, elle a bien déposé la demande de permis de séjour à la gendarmerie. Elle a reçu un document, en retour, qui, en attendant une réponse, prouve que les démarches ont été effectuées. Ce qui fait que Souma et Mustafa sont dans une situation presque légale… Enfin, moins illégale. Ils sont toujours clandestins, mais ce petit bout de papier démontre leur envie de régulariser leur situation.

Lella nous enjoint cependant de rester prudents. Elle préférerait que Souma et Mustafa restent cachés jusqu'à obtention de leur titre de séjour officiel. J'ai l'impression qu'on les retient prisonniers et, même si je sais que c'est pour les protéger, ça commence à être long…

Lorsque la nuit tombe, Franco emmène Mustafa jouer au foot dans le jardin, et ce soir Souma a accepté de venir dîner dehors avec Lella et moi lorsque son fils sera couché. On l'emmène dans une pizzeria à Salerno. Si on croise quelqu'un de connu, Lella la présentera comme une collègue française. Si on se fait contrôler par la police – ce qui me semble peu probable –, on dégainera le petit papier et les compétences de mon amie avocate.

Deuxième petite boule : mon travail. La traduction du manuscrit avance bien. Je dois dire que je suis plus efficace depuis le balcon de Franco que chez Maria. Il y a moins de parties de scopa qui viennent me distraire. Je devrais pouvoir rendre le tout en fin de semaine. Et rassurer Benoît par la même occasion. (Qu'il me manque celui-là !)

Troisième petite boule : j'ai rêvé de ma grand-mère cette nuit. Lorsque ça arrive, si je me réveille, j'essaie par tous les moyens de me rendormir pour prolonger le moment. Souvent, ce n'est qu'une conversation autour d'un café, une glace sur la plage avec elle, un après-midi ensoleillé dans le jardin. On parle de tout et de rien, comme si ça ne faisait pas dix ans, ou presque, qu'elle n'était plus là. Comme si on s'était quittées la veille.

Le lendemain de ces nuits-là, je me sens profondément heureuse de l'avoir vue, et terriblement triste aussi, car avec les personnes que l'on ne croise que dans nos rêves, l'inconvénient, c'est qu'on ne peut pas leur fixer un nouveau rendez-vous.

Quatrième petite boule : un texto de mon cousin m'a prévenue que deux cambriolages ont eu lieu hier soir au village. La maison de notre *nonna* est ancienne, et il serait très facile d'y pénétrer. Il me demande d'être vigilante et de laisser la lumière allumée, dans la soirée, quand je sors, pour signaler une présence. Avec des membres de l'association et d'autres habitants du village qui se sont portés volontaires, ils ont créé un groupe WhatsApp nommé « LA RONDE ». Deux ou trois personnes sont de surveillance chaque soir et, le reste de la journée, on demande à tout le monde d'ouvrir l'œil. Antonio m'a dit en privé que c'était surtout pour se marrer. Certains se prennent pour le FBI depuis ce matin.

Message vocal à 11 h 02 : « Aperçu nouvelle voiture dans la zone de la boulangerie. Je suis au bar, je surveille… L'homme a l'air suspect… AH, MAIS C'EST SALVATORE ! SALVATOOO, bah, dis donc, tu te refuses rien, hein ! Tu t'es acheté une nouvelle voiture ? Viens donc me payer un café ! » C'est à mourir de rire. Mais nous allons devoir être d'autant plus prudents avec Souma et Mustafa, avec tous ces inspecteurs qui rôdent.

Cinquième petite boule : il faut que j'essaie de convaincre ma tante de s'inscrire sur un site de rencontres. Voilà deux ans qu'elle est divorcée. Je sais qu'elle ne fera jamais le deuil de son grand amour, mais je sais aussi que cette solitude lui pèse. J'aimerais tellement qu'elle trouve quelqu'un de bien. Chaque fois que j'aborde le sujet, elle me parle d'Antonio « qui n'accepterait jamais un autre homme à la maison ». Ou du village. « Ils vont dire quoi, les gens ? » J'ai beau lui répondre systématiquement que mon cousin, je m'en charge, qu'il a plutôt intérêt à la boucler, et que les autres, elle les emmerde, elle ne veut toujours pas sauter le pas. À notre prochain déjeuner, je ne lui laisse pas le choix.

Sixième petite boule : Jérôme. Dois-je faire le deuil de notre relation ou avancer moi aussi ?

Je n'ai pas le temps de répondre à cette question, car on sonne à la porte, et, lorsque j'ouvre, mon cœur explose.

32

Maria

« Gennà, je ne sais pas quoi penser. C'était qui, ce gosse, chez Franco ? Et qu'est-ce qu'ils foutent tous chez lui ? Pourquoi ils ne m'en ont pas parlé, hein ? Pourquoi ils me laissent en dehors de leurs secrets ? Moi qui ai toujours été là pour eux… Ahhh, lorsqu'il s'agit de venir chez Maria raconter ses peines de cœur à mourir d'ennui, ses soucis de boulot, ses dettes ou sa crise hémorroïdaire, là, y a du monde ! »

Il n'a pas de réponse.

Je tourne en rond chez moi, je me rends compte que j'ai déjà nettoyé deux fois la table de la cuisine.

Un enfant noir. Il n'y a pas d'enfant noir, ici ! Ce serait le fils de qui ? La nièce dont il nous a parlé l'autre jour ? Elle aurait eu un fils avec un Africain ? C'est peut-être pour ça, qu'il nous la cache. Franchement, il aurait pu nous le dire ! On n'est pas racistes, nous. Ah, ça, j'aurais pas aimé que mon Pino me ramène une femme comme ça ; mais il m'a ramené une Milanaise – c'est presque pareil !

Je tourne comme un lion en cage. Je croise mon reflet dans le miroir, je prends peur. Depuis quand mes racines mesurent deux mètres ? On dirait une plante dans un pot trop petit, ça déborde de partout, là-haut. Il est temps de m'occuper de ça. J'appelle Paola. Elle a une place pour moi si je viens tout de suite. J'attrape mes clés et file me refaire une beauté.

Dans le salon de Paola, il y a deux fauteuils, parce qu'elle n'a que deux mains, elle ne peut pas s'occuper de trente clientes en même temps. Lorsqu'une couleur pose, elle se charge de couper et de sécher l'autre cliente. Paola, c'est une vraie bosseuse. Elle s'est payé son salon toute seule, en faisant des petits boulots à droite et à gauche. Ses parents n'ont pas beaucoup de moyens et n'ont pas pu l'aider financièrement, mais son père lui a fait tous les travaux, et sa maman donne un coup de main en venant nettoyer le salon deux fois par semaine.

Moi, je fais toujours la même chose : un carré aux oreilles et un rattrapage de racines.

Je veux que mes cheveux restent noirs. Ce n'est pas de la coquetterie ou un refus de vieillir, car je me sens bien avec mes 65 ans. C'est juste que ça fait partie de mon identité. Je n'aimerais pas non plus que mes yeux changent de couleur, par exemple. J'ai toujours été comme ça : brune, petite, dodue. Et je m'aime bien.

C'est mal vu de dire qu'on s'aime bien. Aujourd'hui, le complexe est à la mode.

Personnellement, j'aime mes gros seins, même si parfois ils me donnent mal au dos ; j'aime mon ventre dodu qui fait des plis, j'aime mes rides, mon grain de beauté sur la lèvre, comme Cindy Crawford ; j'aime mes mains vieillies par le temps, mes ongles limés en amande et mon alliance un peu cabossée par tout ce qu'on a vécu, elle et moi. J'aime vernir mes orteils et porter des culottes bien confortables. J'aime mes cuisses musclées et mes grosses fesses. J'aime le fait d'être en jupe trois cent soixante-cinq jours par an. J'aime mettre un collier de perles et un peu de rose sur mes lèvres de temps en temps, même si ça souligne ce petit duvet que j'ai toujours refusé d'épiler. Parce que celui qui a dit qu'il fallait souffrir pour être belle est un connard et un menteur.

Ce n'est pas nécessaire de se faire du mal. On a le choix de faire sans, et j'emmerde ceux qui pensent le contraire. Je n'ai jamais fait la guerre à mon corps, je n'ai jamais eu le temps pour les complexes, et je crois que c'est ce qui me rend belle aux yeux des autres. Je sais que ce n'est pas une moquerie ce « Tu es belle, Maria ». Je sais qu'on peut être belle de façons tellement différentes, qu'on n'a qu'un corps, et qu'il faut commencer par l'accepter et l'aimer si on veut que les autres l'aiment aussi. Et puis, même s'ils ne l'aiment pas, ce n'est pas si grave au fond. Tant pis pour eux, ils ne savent pas ce qu'ils ratent.

« J'ai entendu dire qu'un voyage à Paris se prépare ? me demande Paola.

— Oh, m'en parle pas, ma petite. Ils sont tous devenus fous !

— Mais Maria, c'est génial ! Pourquoi tu n'irais pas, toi aussi ?

— D'accord, donc, c'est un virus, c'est ça ? Vous êtes tous devenus cinglés ? C'est Raffaella qui vous a contaminés ?

— Le village ne va pas s'écrouler si tu fermes ton bar quelques jours, tu sais. On se débrouillera sans toi, je te le promets. Et puis je suis certaine que ça te ferait du bien… »

Laisser mon bar, mon fils, mon petit-fils… Laisser la mer que j'ai vue chaque jour de ma vie. Laisser Gennaro ? Non, je ne peux pas laisser mon mari.

Je ne peux pas l'abandonner encore une fois.

33

Sofia

Il me paraît plus grand et encore plus beau que la dernière fois que je l'ai vu.

Il me soulève du sol comme si j'étais une poupée de chiffon.

« T'es toujours aussi moche, ma petite sœur.

— Je n'y peux rien, c'est de famille. »

Je serre fort le cou de Luca et embrasse sa barbe. Mon frère et moi adorons nous taquiner. Enfin, surtout lui. Moi, c'est mon héros depuis toujours. J'essaie de répondre à ses moqueries, mais je m'en veux toujours dans la seconde.

« Qu'est-ce que tu fais là ? Tu ne m'as pas du tout manqué, tu sais.

— J'en avais marre du surf et des kangourous, j'ai ressenti le besoin de rentrer à la maison manger une bonne *pasta al forno*.

— *Zia* se fera une joie d'en faire pour un régiment dès qu'elle saura que tu es de retour ! »

Il s'installe dans notre ancienne chambre d'enfants. Ma grand-mère nous en avait aménagé une lorsqu'elle avait compris que l'on passerait plus de temps chez elle que chez nous.

Il s'allonge sur son lit, qui me semble minuscule maintenant. Combien de cabanes, combien de nuits blanches à nous raconter des histoires qui font peur, à pleurer sur mes chagrins d'amour et à écouter l'inventaire de sa collection de conquêtes ? Car, à ce jour, aucune femme n'a réussi à faire abandonner sa vie d'aventurier à Luca. Il est loin de poser ses valises pour une vie de famille !

Et pourtant, c'est un vrai cœur d'artichaut. Mais il dit que l'amour, c'est comme les roses : on les aime tant qu'elles sont fraîchement coupées, que leur couleur est vive et belle, leur odeur enivrante. On en prend soin, puis les sentiments finissent malgré tout par faner, comme elles. Alors Luca s'en va, en s'excusant. Parce qu'il préfère ne plus aimer qu'aimer moins fort.

Luca est aussi un beau parleur et, souvent, il me fait lever les yeux au ciel quand il palabre sur le sens de la vie. Mais j'essaie de respecter ce qu'il est.

Mes parents n'ont pas été très présents pour nous, mais ils nous ont transmis quelque chose d'inestimable : on n'a pas besoin d'entrer dans une case, on peut devenir qui on veut, aimer qui on veut, se marier ou pas, fonder une famille, ou non. Peu importe. Respecter les autres et être quelqu'un de bien : c'est tout.

Je crois que Luca est quelqu'un de bien.

D'ailleurs, j'imagine la joie de tout le monde lorsqu'il débarquera au bar. Même si je sais qu'il va encore prendre toute la place avec ses histoires du bout du monde, et que plus personne, tout à coup, ne fera plus attention à moi. Ça me va.

Je nous prépare un café, pendant qu'il me raconte ses derniers mois à Sydney. Luca était chef dans un restaurant italien de la ville. Ses talents de cuisinier lui ont permis de beaucoup voyager et de travailler pour les plus grands. Aujourd'hui, il parle plusieurs langues et s'est construit une vraie réputation, notamment grâce à de courtes vidéos postées sur YouTube, où il donne et explique les recettes italiennes typiques. Notre *nonna* serait tellement fière de lui ! C'est elle qui lui a transmis cet amour pour la cuisine, elle qui lui a appris que, faire à manger, c'est donner de l'amour.

Il me dit qu'il a posé sa démission sur un coup de tête et qu'il ne sait pas trop ce qu'il a envie de faire maintenant. « *Chi vivrà vedrà !* » Je sais qu'il a depuis longtemps l'idée d'ouvrir son propre restaurant. C'est un peu un rêve de gosse. Mais cela voudrait aussi dire se poser… Se stabiliser. Et je ne sais pas s'il est enfin prêt. Je lui suggère de prendre un peu de temps pour réfléchir. Que peut-être l'*aria di casa*, « l'air de la maison », l'aidera à faire les bons choix.

Lui me demande si j'ai des nouvelles de Jérôme – c'est un sujet sensible entre nous, parce qu'il ne l'a jamais aimé. Luca est persuadé que Jérôme ne me mérite pas. Il le trouve « coincé du cul et stupide », pour reprendre ses termes… Il n'a jamais compris pourquoi – si Jérôme tenait vraiment à moi comme il le prétendait –, il n'avait jamais fait l'effort de venir chez moi et parmi les miens. Comme cette vérité m'a toujours fait mal, je change de sujet rapidement.

Et le jour où je l'ai appelé en larmes pour lui confier que nous avions rompu, il a déclaré :

« Aaaah !… Je vais enfin pouvoir boire le champagne que je gardais au frais pour cette belle occasion. *Auguri !* »

Oui, ce crétin a vraiment dit ça : « *Auguri.* » Comme on dirait « Félicitations », ou « Bravo », à quelqu'un qui vous annonce une bonne nouvelle.

Mes pleurs ayant redoublé, il s'est empressé d'ajouter : « Ne pleure pas, petite sœur… » Puis il n'a pas pu retenir un dernier : « On ne pleure pas d'avoir perdu un blaireau ! » Je lui avais raccroché au nez. Alors autant dire que je me garde bien d'évoquer mes mails-cartes postales…

Mais je ne peux pas m'empêcher de lui parler de Souma et Mustafa. Parce qu'il est la personne en qui j'ai le plus confiance en ce monde, et parce que je sais qu'il va nous aider.

Il sourit, et la fossette de notre père apparaît comme par magie sur sa joue droite.

« Je veux les rencontrer ! » m'annonce-t-il.

Je lui ordonne d'aller se faire beau – enfin, au moins d'essayer, je sais bien qu'on ne fera pas de miracle en une heure –, parce que, ce soir, il a le privilège de dîner avec trois beautés.

« Ah, je croyais que tu venais aussi », me lance-t-il avant d'aller s'enfermer dans la salle de bains.

Enfoiré.

Il m'a tellement manqué.

34

Maria

Il pleut des cordes, ce soir. Ma terrasse est trempée. Tout le monde se presse à l'intérieur, et je vois le sol se tacher d'eau boueuse et d'empreintes dégueulasses.

« J'AI MIS UN TAPIS DEVANT LA PORTE : C'EST PAS FAIT POUR LES CHIENS ! »

Mais ils s'en fichent bien que Maria s'épuise à faire le ménage. Ils sont tellement habitués à m'entendre gueuler qu'ils ne prêtent même plus attention à ce que je dis. Moi, je pense à mon pauvre dos qui va devoir nettoyer tout ça.

La météo ne leur fait pas peur. Il faudrait plus que ces quelques gouttes pour changer leurs habitudes. Pendant que mes petits vieux jouent aux cartes au fond la salle, les plus jeunes s'impatientent : c'est l'heure de l'apéritif et, pluie ou pas, ils continuent tous à me demander ce foutu Spritz.

MANNAGGIA, je suis à court d'Apérol, l'ingrédient de base ! Je vais improviser et le remplacer par du limoncello… Si ça se trouve, ils n'y verront que du feu ! Je garde le même dosage, puis j'ajoute du prosecco, des glaçons et de l'eau gazeuse. Comme Giovanni me l'a appris.

Voilà enfin qui pourrait ressembler à un cocktail de chez nous. Avec une touche de soleil et de Sud. J'ose même y mettre une ou deux feuilles de basilic frais. Parce que, le basilic, c'est bien connu, ça va avec tout !

Lorsque mes petits cocos s'aperçoivent que le contenu de leur verre est jaune – et non orange –, et qu'ils commencent à se plaindre, je les somme de goûter avant de râler. J'assure même que, pour ceux qui n'aiment pas, ce sera gratuit. Mais qu'ils s'engagent alors à ne plus jamais m'en commander !

« Maria, tu te mets à inventer des cocktails, maintenant ? Mais combien de talents as-tu, *amore mio* ? se moque Antonio, toujours prêt à me chambrer.

— Plein ! Dont celui de te botter les fesses si tu ne m'avales pas ça cul sec.

— CUL SEC, CUL SEC, CUL SEC ! »

Tout le monde l'encourage.

Il se lance. Soudain, il n'y a plus un bruit. Ils sont tous suspendus aux lèvres d'Antonio qui s'acharne sur sa paille.

« Bon, alors ?… »

Je m'impatiente. Je veux savoir si, pour une fois, j'ai réussi à faire autre chose que des tartes et des cafés.

« *MAMMA MIIIIIIA !* C'est trop bon ! WOOOOW. Mari', c'est le Vésuve dans ma gorge, là ! »

Le verdict tombe.

On m'en commande cinq de plus, tout le monde veut goûter.

« J'adore ! s'exclame Paola.

— Mais carrément… surenchérit Enrico, le barbier.

— Tu as révolutionné le Spritz ! Mari', tu as fait un miracle. Don Aniello, venez la bénir ! »

J'ai d'abord cru qu'ils se moquaient de moi, mais, vue la vitesse avec laquelle ils ont descendu leur verre et en ont réclamé un autre, je crois qu'ils sont sincères.

Pino, qui vient d'arriver, passe derrière le comptoir pour me donner un coup de main. J'envoie Giogio, qui râle de ne pas pouvoir en boire, me chercher une nouvelle bouteille de limoncello dans la réserve. Je lui promets de lui faire goûter en douce dès que son père aura le dos tourné.

« Le limoncello, c'est le symbole d'Amalfi, dit Antonio, l'index en l'air et l'œil gauche qui frise. Tu devrais l'appeler… L'Amalfitano !

— L'Amalfitano… Ça me plaît bien, ça. Ça sonne un peu mystérieux.

— Ce petit goût de basilic fait toute la différence. Que Dieu te bénisse ! » lance le prêtre avant de siffler son deuxième cocktail.

Ce soir, la messe devrait être plus drôle que d'habitude.

Je vois que mon fils commence à faire le tour pour récupérer les clés de scooter et de voiture de tous ceux qui ont un peu forcé sur ma nouvelle trouvaille. Certains râlent vaguement, mais ils savent très bien qu'ils n'ont pas le choix. Pino est intransigeant, alors c'est la règle ici. Tu bois autant que tu veux, mais ensuite, tu rentres à pied ou quelqu'un te raccompagne. Je ne me pardonnerai jamais qu'il arrive quoi que ce soit. Les clés attendent sagement leurs propriétaires dans mon panier estampillé « Fourrière de Maria ». Ils viendront les chercher le lendemain, en même temps qu'ils tenteront de soigner leur gueule de bois avec un café.

35

Sofia

Une fois chez Franco, Souma agit avec Luca comme avec moi : elle le fixe et ne dit pas grand-chose. Mais mon frère est plus direct : « Je sais, tu te dis que je ne ressemble pas du tout à Sofia et que c'est vraiment pas de bol pour elle. Quand mes parents l'ont ramenée à la maison, j'ai même eu du mal à croire qu'elle était ma sœur. Mais j'ai bien été obligé de leur faire confiance. Je me demande si je ne dois quand même pas faire un test de fraternité… C'est pas possible qu'ils aient échoué autant après avoir créé un tel chef-d'œuvre, tu ne crois pas ? »

Je lui file un coup de coude dans l'estomac. Sa bêtise a eu le mérite de faire sourire Souma.

Nous partons directement dîner, sans passer par le bar pour l'apéritif. Luca verra les copains demain. J'avais peur que Souma n'accepte pas la présence d'un homme, alors que l'on devait se retrouver entre filles, mais elle m'a assuré, sur le chemin, qu'elle était heureuse de rencontrer mon frère.

« Vous partagez le même sang, vous devez aussi partager la même bonté de cœur. »

Elle a mis ma robe longue verte et a tressé ses cheveux noirs. Elle est belle. Son ventre s'est encore arrondi, il contraste avec ses poignets frêles lorsqu'elle pose sa main protectrice sur la petite vie qu'elle porte. Le bébé devrait arriver dans un peu plus de trois mois.

À table, elle n'est pas très à l'aise, elle a peur du regard des gens. Mais sa peau est semblable à la nôtre, elle ne paraît donc pas considérée comme « différente » par les clients. C'est terrible, mais c'est Mustafa qui attire les regards racistes. J'imagine qu'il a hérité sa couleur – et donc toutes les difficultés qu'elle place sur son chemin – de son papa.

Luca a vu le mal-être de Souma. Alors il fait en sorte de diriger l'attention ailleurs : il parle de l'Australie, du restaurant, des vidéos… Il demande à Lella comment marche son cabinet, annonce qu'il a hâte de retrouver Pino, son vieil ami, et de voir à quel point Giogio a grandi. Mon amie ne rate pas l'occasion : elle sort de son sac son téléphone et montre à mon frère et Souma quelques clichés de sa jolie famille dont elle est tellement fière. Cela me fait toujours rire, ces parents et ces grands-parents qui dégainent les photos de leurs enfants et petits-enfants comme si c'était des médailles d'or. Comme une preuve de leurs exploits.

« Il est beau, hein ? Et intelligent, tu verrais ! »

Ma *nonna* avait une photo de Luca, Antonio et moi toujours sur elle. Elle avait même demandé à Gianluca, du bureau de tabac, de la plastifier. C'était un cliché de ma première communion. Moi, au milieu, dans ma robe blanche, avec ma croix autour du cou ; mon frère et mon cousin endimanchés à mes côtés. Tout le village connaît cette photo. Mais aussi tout le personnel de l'hôpital, qui s'est occupé d'elle pendant sa chimio. La médecin, les infirmiers, les brancardiers. Tous !

« Tu as vu mes petits-enfants ? Regarde comme ils sont beaux ! »

Et elle attendait que l'autre soit bien convaincu de notre beauté avant de nous ranger dans son sac à côté d'une image de la Madonne et de son éventail.

Souma se détend. Elle déguste sa pizza avec appétit et laisse échapper un : « Mmmmmh ! »

Chez moi, on est toujours fiers lorsqu'un étranger comprend que c'est bien dans notre région que l'on fait les meilleures pizzas du monde. Nous acquiesçons donc tous les trois, avec un sourire entendu qui signifie : « Eh oui. Maintenant, tu sais, toi aussi. »

Pour le dessert, on craque tous les quatre pour une *zeppola* au chocolat. La *zeppola*, que l'on peut aussi appeler *graffa*, est servie chaude. C'est un énorme beignet ovale avec un trou au milieu, plongé dans le sucre, et sur lequel on fait ensuite couler du chocolat, du caramel, de la glace ou de la chantilly. Parce qu'on trouvait que ce n'était pas assez sucré à la base…

Nous sortons du restaurant avec l'estomac lourd, mais le cœur léger. Il ne pleut plus. Lella nous propose de marcher un peu pour digérer tout ce *ben di Dio*, cette « bonté de Dieu », que l'on vient d'avaler. Nous nous promenons en silence dans le centre-ville de Salerno, pour rester assez loin de la mer. J'ai retenu la leçon de notre virée à la plage. Puis Souma commence à fatiguer. Nous faisons une pause sur un banc. L'air est doux, la ville est calme.

« Mes enfants n'ont pas le même père. »

Elle lance ça comme ça, comme un aveu. Comme un fardeau trop lourd à porter.

Je lui demande si elle veut nous en parler. Elle fait oui de la tête. Luca se lève et comprend de lui-même qu'il n'a pas sa place pour cette discussion.

« Je vais aller au bar juste en face prendre un dernier café en attendant. Faites-moi signe si vous avez besoin de moi. »

Elle lui sourit et le remercie, puis se tourne vers moi.

« Je savais bien que vous étiez les mêmes… »

Souma nous parle alors du père de Mustafa.

« Il s'appelait Obi. Ça veut dire "cœur". »

À la simple évocation de son prénom, les larmes coulent, silencieuses, jusqu'au creux de ses lèvres. Elle ferme les yeux très fort, comme pour se donner du courage. Lella lui prend la main.

« Il était nigérian. Il faisait la manche devant la petite boutique dans laquelle mon père m'avait autorisée à travailler. Parfois, mon patron lui trouvait un peu de boulot. Des travaux chez lui, ou du nettoyage. Il avait envie d'aller en Europe. En Allemagne, plus précisément. Il voulait juste une vie meilleure… Nous avons commencé à discuter, en cachette, lorsque le patron me laissait seule. Il était beau. Mustafa est son portrait craché. Ils ont les mêmes grands yeux noirs curieux. Je suis tombée amoureuse de son côté rêveur. Il était né dans la misère, vivait dans la misère, mais il gardait toujours le sourire, et il était persuadé qu'un monde moins hostile l'attendait. Je lui apportais à manger dès que j'en avais l'occasion. Je ne pouvais pas l'aider financièrement, parce que je devais reverser mon maigre salaire à mes parents. Mais j'ai tout fait pour lui rendre la vie un peu plus douce… »

Nous n'osons pas l'interrompre. Souma reprend son souffle.

« Nous n'avons fait l'amour qu'une seule fois. Ma première. Il a été doux et prévenant. Il n'arrêtait pas de me répéter que j'étais la plus belle chose qu'il ait vue, que j'étais sa force, et qu'il vivrait désormais chaque jour dans le but de nous construire la vie qu'on méritait… J'étais déjà enceinte de trois mois lorsque j'ai compris que j'attendais son enfant. J'ai vécu l'enfer, à cause de mon père. Il m'a retenue prisonnière à la maison, m'a interdit de retourner travailler. J'ai appris plus tard que mon patron et d'autres hommes avaient passé Obi à tabac. J'ai refusé d'être mariée de force à un vieil ami de la famille. J'ai menacé de me tuer. Mon père a fini par se résoudre et céder. C'est le seul cadeau qu'il m'ait jamais fait. Et puis lorsque Mustafa est venu au monde, ma sœur Maani m'a donné une lettre qu'Obi lui avait transmise un jour alors qu'elle sortait de l'école. Il m'écrivait qu'il avait enfin rejoint un passeur qui pouvait le conduire en Europe. Il me promettait d'aller chercher travail et argent en Allemagne, et de revenir nous récupérer, notre enfant et moi, pour que l'on vive ensemble dans un pays meilleur. Il me disait à quel point il était heureux, de devenir père et d'avoir trouvé la femme de sa vie. Il me demandait de tenir bon jusqu'à ce qu'il revienne. Il disait : "Je penserai à vous chaque jour que Dieu me donne à vivre." Et il a tenu sa promesse, j'en suis certaine. Mais le passeur a pris l'argent d'Obi, puis l'a poignardé. Mon amoureux est mort. Voilà. »

36

Maria

Ce matin, comme d'habitude, j'ai raconté ma soirée à Gennaro.

J'étais euphorique, impossible de m'arrêter de parler. Même que j'en ai encore le sourire ! Il n'y avait pas eu une si bonne ambiance – et autant de gens saouls en même temps – dans mon bar depuis longtemps.

On a fini avec un karaoké spécial Celentano et, juste avant que je les renvoie tous chez eux, ils m'ont chanté « *Mamma Maria* », tous en chœur. Certains vont sans doute raconter que j'ai versé une larme d'émotion, mais je dirais que c'est l'alcool qui leur a joué des tours. J'ai une réputation de dure à tenir.

Je ne savais pas que leur bidouiller un nouveau cocktail allait les mettre dans cet état. Alors ça y est, l'Amalfitano est officiellement à la carte. Et cinquante centimes moins cher que le Spritz classique ! Comme ça, je les incite à consommer local…

J'arrive au bar, fatiguée. Il faut dire que j'ai moi-même avalé deux Amalfitani qui ne m'ont pas aidée à dormir. Je ne bois quasiment jamais : autant dire que là, j'étais cuite.

Ciccio, le boulanger, m'attend déjà. Il m'apporte les croissants frais qui accompagnent mes *cappuccini.* « Ciccio », c'est le diminutif de Francesco ; et *« Ciccio u panettier' »*, c'est le nom qu'on lui a donné depuis qu'il a repris la boulangerie de son père. C'était la même année que celle de l'ouverture de mon bar. Depuis, chaque matin, il m'apporte les croissants et les beignets. Puis il repasse en fin de matinée me livrer les *pizzette.*

La femme de Ciccio est morte d'un cancer du sein, il y a deux ans. Depuis, il a perdu un peu de sa bonne humeur. Ses trois filles vivent dans le Nord et ne rentrent pas souvent le voir, alors il se sent un peu seul. J'ai plusieurs fois dit à Ciccio de passer au bar, le soir, pour avoir un peu de compagnie. Mais il dit qu'il se lève tôt le matin et qu'il préfère aller au lit de bonne heure.

Il a embauché un jeune Marocain l'année dernière, pour l'aider à la boutique. Moussa, il s'appelle. Il vit dans le village voisin. Quand on demande à Ciccio si ça va, avec son employé, il répond toujours : « Oh là là, oui, heureusement qu'il est là ! »

Certains lui ont reproché de ne pas avoir privilégié quelqu'un d'ici, un jeune qui a besoin de travailler. Mais Ciccio nous a assuré que son annonce était restée sans réponse pendant des mois.

« Plus personne ne veut se lever à 4 heures du matin tous les jours pour un petit salaire, Maria ! Il n'y a que les anciens passionnés, comme toi et moi, qui continuent à le faire. Ou les étrangers, comme Moussa, à qui le travail ne fait pas peur… »

C'est vrai qu'il a l'air d'un brave garçon, ce Moussa. Parfois, il s'arrête boire un café au bar, mais il ne s'attarde pas bien longtemps. Il est très poli. Et il a vite appris à parler l'italien. Ce qui est la moindre des choses, quand même !

Un jour, un jeune un peu éméché lui a dit de rentrer chez lui. Moussa s'est levé, a payé son café et lui a dit que c'est justement ce qu'il allait faire, car il était fatigué parce qu'il s'était levé tôt. J'avoue que ça m'a fait de la peine… Mais je n'ai rien dit. Et puis Moussa est revenu au bar quelques jours plus tard. Ils ne sont pas tous méchants, ces gens-là.

Je finis de ranger mes croissants lorsqu'un grand blond, bronzé et souriant, pénètre dans mon bar. Il me tend ses lunettes de soleil.

« Maria *bella*, personne ne voulait me les nettoyer, en Australie. Tu le sais, ça ? Alors je suis rentré ! »

Je prends Luca dans mes bras. Je suis tellement heureuse de le voir ! Sofia le suit, jamais très loin de son frère. « Tu m'étonnes, il n'y a bien qu'ici que tu es aussi pourri gâté, proteste-t-elle.

— Et alors ? C'est notre truc, à nous. Tu es jalouse parce que Maria ne nettoie pas les tiennes ?

— Je n'ai pas besoin de Maria : j'ai deux mains, je peux le faire moi-même.

— Oh oh oh, les gamins ! On se calme ! »

J'interviens avant qu'ils commencent à se chamailler pour de bon.

C'est vrai que je le gâte beaucoup trop, ce gros bébé. Quand il était tout petit, déjà, il venait au bar avec son *nonno*. J'avais pris l'habitude de lui nettoyer ses lunettes de vue. Maintenant, il porte des lentilles, mais il continue à me tendre ses lunettes de soleil chaque fois qu'il franchit ma porte. Je n'arrive pas à lui résister, que voulez-vous que je vous dise…

« Vous avez raté une soirée mémorable, hier. Vous étiez où, les jeunes ? je leur demande en préparant leurs *cappuccini*.

— Ah bon ? Qu'est-ce qui s'est passé ? demande Luca.

— On a dîné avec Lella en ville, répond de son côté Sofia en croyant que je ne remarque pas sa tentative de changer de sujet. Oui, raconte. On a loupé quoi ? »

Je leur parle du cocktail, de Don Aniello un peu pompette, je leur montre mon panier fourrière plein à craquer.

« Je comprends mieux tous ces scooters garés devant, s'amuse Luca. Ce soir, on sera là, promis. Et puis je dois payer ma tournée pour mon retour !

— Tu viendras aussi, Sofia ?

— Bien sûr ! Je ne raterai ça pour rien au monde.

— Et tu viens seule, ou avec le petit garçon de chez Franco ?… »

37

Sofia

Première petite boule : OK. Maria a vu Mustafa.

Je n'ai pas paniqué.

Je lui ai demandé de me faire confiance et lui ai promis de tout lui expliquer plus tard.

« Ah oui ? Moi, je dois te faire confiance ? Et pourquoi, puisque apparemment ce n'est pas réciproque ? » a-t-elle hurlé avant d'aller bouder derrière son comptoir.

J'ai appelé Lella en rentrant chez moi. Elle pense qu'il vaut mieux tout lui raconter et elle a ajouté : « Ne t'en fais pas trop. Elle ne t'en voudra pas très longtemps, tu sais bien. C'est moi qu'elle va haïr encore un peu plus. Si tant est que ce soit possible ! »

J'adore Maria, mais je l'ai parfois entendue dire des choses qui m'ont surprise et déçue. Je sais que c'est une belle personne, toujours prête à aider les autres, à défendre les plus fragiles, et je crois qu'elle est sûrement influencée par les chaînes d'info qu'elle regarde en boucle.

Je vais avoir une discussion honnête avec elle.

Il faut que je dépasse ma peur du conflit, que j'arrête d'être aussi lisse avec tout le monde, que j'arrête de m'excuser de respirer, d'exister, d'avoir des opinions. Je n'en peux plus de me laisser marcher dessus par tous.

Allez, Sofia. Tu peux le faire !

OUI.

Je vais lui parler de Souma et Mustafa. Lui dire que je l'ai tenue à l'écart car je n'avais pas envie d'entendre des remarques désobligeantes, ou des « ces gens-là, tu sais… », surtout venant d'une femme que j'aime.

Et puis, avec l'influence qu'elle a au village, si elle est de notre côté, elle pourra nous être d'un grand soutien.

Si elle est de notre côté…

Deuxième petite boule : les vols continuent.

Désormais, c'est en plein jour que les délinquants sévissent. Ce matin, ma tante m'a appelée en hurlant : alors qu'elle était dans sa salle de bains, quelqu'un est monté sur son balcon au premier étage et a essayé d'ouvrir la porte-fenêtre. Lorsqu'elle a entendu le bruit, elle a couru voir et s'est mise à crier. Ce qui a fait fuir les deux malfrats. Le temps que Luca et moi arrivions du bar, ils étaient déjà partis. *Zia* est terrifiée. J'ai mis cinq minutes à lui faire lâcher un vieux parapluie qu'elle brandissait comme une arme.

« Tu voulais vraiment les frapper avec ça ?

— J'avais laissé le balai dans le garage », a-t-elle sangloté.

Luca est resté avec elle. Ils vont aller acheter un système d'alarme, pour qu'elle se sente plus en sécurité.

J'ai envoyé un texto à Antonio pour lui dire que je voulais participer à la ronde de ce soir.

« OK, on ira tous les trois, entre cousins. Ça nous rappellera le bon vieux temps. »

Troisième petite boule : il va falloir que j'organise ce voyage à Paris avec mes joueurs de scopa préférés.

C'est vrai que, au départ, ce n'était qu'une excuse bidon balancée par Franco pour nous couvrir, mais plus j'y pense, plus j'ai envie de vivre cette expérience. Je sens qu'on pourrait bien se marrer…

Mon téléphone sonne. Le visage souriant de ma maman au bord du lac de Côme s'affiche sur mon écran.

« Maman !

— Ma chérie, comment va Luca ? Il m'a dit qu'il était rentré ?! Je n'arrive pas à le joindre.

— Luca va bien, maman. Moi aussi, si ça t'intéresse…

— Ah, super ! Il n'est pas trop fatigué du voyage ?

— Non, maman, il n'est pas trop fatigué.

— Nous sommes à Alberobello, dans les Pouilles.

— Oui, merci, je sais où se trouve Alberobello.

— Nous avons dîné dans un restaurant incroyable, dans un des *trulli* les plus anciens du village. C'était délicieux. Ton père t'enverra les photos.

— Super, je suis heureuse pour vous. Vous revenez bientôt par ici ?

— Pourquoi ? Quelqu'un est mort ?

— Euh, non.

— Ah bah, non alors. Bisous, ma chérie ! »

Ma mère.

Dans toute sa splendeur.

Ma mère et ses deux préoccupations principales : 1) kiffer sa vie, 2) son fils.

J'essaie de ne pas prendre ses mots trop à cœur, et ouvre mon ordinateur pour me changer les idées et envoyer une nouvelle carte postale à Jérôme.

Salerno

C'est la ville dans laquelle je suis née.

Lorsqu'on vient au monde en ayant vue sur la mer, il est difficile de vivre sans elle ensuite.

Ici, il faut aller voir un match de la Salernitana, admirer toute cette couleur grenat, symbole de l'équipe, s'étendre sur les tribunes du stade, et écouter les tifosi *chanter comme un seul homme pour leur équipe préférée. Ça donne la chair de poule, même sous trente degrés.*

J'en connais qui donneraient leur vie pour cette squadra. *Ça peut sembler fou, mais c'est un point d'ancrage, un rituel immuable et rassurant. Ces supporters ont parfois perdu une mère, un enfant, un ami, leur travail ; d'autres ont été abandonnés par leur grand amour, parce qu'il n'y a rien de figé, dans la vie, rien d'éternel. Rien, sauf les matchs de la Salernitana. Tous les dimanches. Quoi qu'il arrive. Qu'il pleuve ou qu'il vente. Elle est là, elle ne leur fait jamais faux bond.*

Certains ont grandi dans ces gradins, leurs pères, leurs grands-pères les emmenaient ici, pendant que les petites filles, elles, allaient plutôt à la messe. Aujourd'hui, ils perpétuent la tradition, et ce qu'ils viennent chercher dans ces matchs, ce sont les sensations que seul le foot peut offrir. Et quelques souvenirs, aussi.

En septembre, le 21 précisément, Salerno est en fête pour la San Matteo. Leur saint patron. Tout le monde est dans la rue. Ce saint est un dieu pour les Salernitains. Une vingtaine d'hommes privilégiés portent sa lourde statue sur leurs épaules dans toute la ville. On ne confie pas ce rôle à n'importe qui, il se mérite ou se transmet de génération en génération.

On dit que ce saint a sauvé la côte de Salerno d'une invasion de pirates en l'an 1544. En les voyant approcher, les gens avaient fui et s'étaient réfugiés dans la cathédrale en priant san *Matteo de les protéger. C'est alors que le ciel s'assombrit d'un coup, qu'un vent très fort se leva et se transforma en cyclone, en détruisant sur son passage toutes les embarcations.*

Salerno est une miraculée. C'est sûrement pour cela qu'elle vit à cent à l'heure, qu'elle dort peu et fait beaucoup la fête. Elle profite de la vie, au cas où les pirates reviendraient la chercher.

38

Maria

Il était 12 h 07 exactement quand mon cœur a arrêté de battre.

Une minute avant, Pino est arrivé au bar et m'a demandé de m'asseoir. Mon fils me demande souvent de m'asseoir, parce qu'il trouve que j'en fais trop et que je ne me repose pas assez. Mais, aujourd'hui, c'était différent. Aujourd'hui, c'est un « *Mammà*, assieds-toi » des mauvais jours. Des jours tristes et pluvieux.

Des jours qui marquent à jamais.

« M'an, Lucia est morte, je suis désolé…

— NON ! »

Un cri s'échappe de ma bouche. Je porte le torchon à mes lèvres pour l'étouffer.

« On est intervenus chez elle il y a une heure. Elle s'en est allée dans son sommeil, elle n'a pas souffert. »

« Elle n'a pas souffert… » La phrase que l'on sert à ceux qui restent, pour qu'ils aient un peu moins mal. Tu ne la verras plus jamais, mais elle n'a pas souffert. Son mari est veuf, ses enfants orphelins de mère, mais elle n'a pas souffert. Tu n'entendras jamais plus le son de sa voix, ne prendras plus jamais un café avec elle,

elle ne te glissera plus du basilic gratuitement avec tes légumes, elle ne t'offrira plus de clin d'œil complice, mais elle n'a pas souffert.

Lucia, ma voisine. Mon amie. Lucia qui vient de marier sa fille. Lucia et son sourire, Lucia et ses phrases chocs pour vendre ses produits. Lucia et sa force de caractère, sa bonne humeur à toute épreuve et son sourire doux. Lucia la bosseuse, Lucia la petite sœur, la confidente.

J'éclate en sanglots, je m'accroche à mon fils.

« Maman, on va fermer le bar. Rentre à la maison. Je retourne à la caserne et je viendrai te tenir compagnie.

— Fais ce que tu as à faire, je ne suis pas seule, ton père est là.

— Mam…

— TAIS-TOI ! Tais-toi et laisse-moi. Lucia, ma Lucette… Elle est partie, ça y est. J'ai bien vu que sa boutique était fermée, ce matin. Mais ça arrive, parfois, quand elle est malade ou qu'elle a un rendez-vous important. Je ne me suis pas inquiétée.

— Je sais, maman. Tu ne pouvais pas savoir. »

Je retourne chez moi, le cœur en miettes. Je pleure toutes les larmes de mon corps, je ne parviens pas à me calmer. J'aimerais vomir ma peine.

Les morts soudaines sont les plus violentes, la maladie ayant l'élégance d'y préparer un minimum.

Je hurle à Gennaro que la vie est une pute. Que ce n'est pas juste. Que ça fait trop mal.

J'entends ma porte s'ouvrir doucement.

Quelqu'un entre dans la cuisine. J'y vois comme en plein brouillard. On remplit un verre d'eau et on me le tend. On me pose un plaid sur les épaules. C'est comme un câlin. On m'aide à m'allonger.

On me caresse les cheveux.

« Je suis là, je suis là. »

Sa main est douce, son parfum familier me rassure. Ses yeux tristes me comprennent.

« Je suis juste à côté, si vous avez besoin de moi. Lorsque vous serez prête, faites-moi signe. Nous irons lui dire un dernier au revoir. »

Raffaella.

39

Sofia

Nous assurons notre tour de garde. Mon frère, mon cousin et moi sommes postés à l'entrée du village, dans la voiture d'Antonio, en silence.

Quand nous sommes sortis de la maison de Lucia, il y avait des centaines de personnes, venues présenter leurs condoléances à la famille. Gabriella, sa fille, a pris le premier avion depuis Venise où elle était en voyage de noces. La dernière fois que je l'ai vue, elle était en blanc, elle célébrait l'amour et sa nouvelle vie. Ce soir, en noir, elle faisait face à la mort et au vide que sa mère laissera à jamais. Sommes-nous jamais prêts à dire adieu à nos parents ?

Maria est arrivée lorsque nous partions, soutenue par Pino et Lella. Elle était éteinte, et le chagrin l'empêchait de marcher correctement. Je l'ai serrée dans mes bras ; elle n'a pas vraiment réagi, son regard flottait. Je m'inquiète pour elle.

Le bar sera fermé demain, en signe de deuil et de respect pour la famille. J'irai rendre visite à Maria chez elle après les funérailles, auxquelles je doute qu'elle assiste. Elle en veut beaucoup à Dieu, depuis quelque temps.

« Anto', t'es un enfoiré, t'as pété ! » crie soudain Luca.

Mon cousin part dans un fou rire qui, malgré cette journée dramatique, devient rapidement communicatif.

Les rues sont désertes. La soirée est douce, pourtant, mais quand le Mamma Maria est fermé, personne ne sait où aller. Antonio propose de faire un dernier tour avant de nous déposer à la maison.

Nous nous assurons qu'il est bien parti avant de nous diriger vers le domicile de Franco.

« FOFIIIAAA ! » crie Mustafa en me voyant.

Je le prends dans mes bras, l'embrasse et lui présente Luca.

« Lui, c'est mon frère.

— Salut Mustafa. Je suis content de te rencontrer.

— Salu' ! »

Luca s'est accroupi pour se mettre à la hauteur de Mustafa, et celui-ci tend sa main vers la barbe de mon frère, qui a l'air de l'intriguer. Franco, assis sur son fauteuil, nous accueille d'un regard triste.

« C'est pas juste, *nenné*, pour Lucia.

— Non, ça ne l'est pas.

— Je suis vieux, moi. Pourquoi le bon Dieu ne m'a pas appelé à sa place ?

— Ne dis pas ça, Franco. On a besoin de toi, nous. »

On sonne à la porte. Je vais ouvrir : c'est Lella.

« Je me suis dit que vous aviez besoin d'une bonne nouvelle en cette terrible journée… »

Nous sommes tous pendus à ses lèvres. Souma, qui était en train d'essuyer la vaisselle, nous rejoint. Même Mustafa arrête de courir tout à coup.

« J'ai reçu ça au courrier aujourd'hui. C'est ton autorisation de séjour, Souma. Mustafa et toi n'êtes plus en situation irrégulière ! »

C'est comme une explosion de joie dans le petit salon de Franco. Nous tombons dans les bras les uns des autres, et nous décidons de célébrer cette première petite victoire avec un verre de limoncello maison – sauf Souma, qui trinque à l'eau.

Je ne sais pas quelle recette a utilisée Franco, mais son digestif doit avoisiner les huit cents degrés.

« Wow, mais tu as dosé comment ton alcool ? demande Luca en toussant.

— Au pif, répond Franco le plus naturellement du monde. J'ai toujours fait comme ça !

— Ce qui est bien, c'est que, si un jour tes toilettes sont bouchées, tu n'auras qu'à verser une goutte de ton limoncello pour résoudre le problème… »

Cela ne nous empêche pourtant pas de nous resservir une tournée. Et puis une troisième… Là, je crie grâce. Luca, Lella et moi repartons de chez Franco en titubant.

Quand nous arrivons à la maison, Luca s'endort sur le canapé ; moi, je profite de mon état pour écrire quelques lignes. L'alcool m'a toujours inspirée.

Praiano

Elle passe souvent inaperçue, car elle est dans l'ombre de Positano. Située juste avant (ou juste après – cela dépend encore d'où l'on arrive), on aurait pourtant tort de s'en priver.

Praiano, c'est une crique, avec une toute petite plage où le soleil n'est présent que de 10 heures à 15 heures.

Les grandes falaises qui la ceignent jouent le rôle de grandes sœurs protectrices.

C'est ici que se situe mon restaurant préféré au monde, ici que j'ai mangé les meilleures pâtes de tous les temps : des scialatielli vongole e rucola. *Ici même que je me suis dit que, si le bonheur avait un goût, ce serait sans nul doute celui-là.*

Les scialatielli *sont des pâtes typiques de ma région, des sortes de tagliatelles plus courtes et plus épaisses que celles que l'on trouve ordinairement. Et les* vongole *et la* roucola *sont ce pour quoi elles ont été inventées. Le restaurant s'appelle Da Armandino.*

Armandino, parlons-en. C'est Maria au masculin. Avec autant d'amour et de passion pour son métier et pour ses clients. Il tient ce lieu depuis quarante ans et fait le show à chaque service. On l'entend parfois engueuler les touristes qui s'aventurent à vouloir saupoudrer leurs pâtes aux fruits de mer de fromage, on le voit débouler avec ses carafes de percoche *(une sorte de pêche) baignant dans un océan de vin blanc, on répond à son sourire, communicatif, qu'il propage de table en table. On a envie de lui faire confiance et de tout goûter. On aimerait que ce repas les yeux dans l'eau dure pour toujours.*

À la fin de son service, Armandino va faire une sieste sur l'un des transats de la plage. Tout le monde a tendance à faire comme lui. Il faut cuver la carafe de vin. Il m'a dit un jour, avant de s'endormir alors que j'allais le saluer : « Je veux mourir ici, en regardant la mer et les gens se régaler. » Et j'ai trouvé que c'était un bien joli vœu.

40

Maria

La nuit a été terrible. Lorsqu'on perd un être cher subitement, on ressasse sans arrêt les derniers instants, les dernières paroles que l'on a échangées avec lui. On espère qu'ils aient été dignes d'un au revoir. Qu'ils n'étaient pas trop insignifiants.

Moi, j'avais demandé à Lucia si elle avait des œufs frais. Pas les « faux » frais qu'elle vend aux clients ! Les vrais. Ceux de son poulailler qui, dans notre village, s'échangent sous le manteau comme de la bonne drogue tant ils deviennent rares.

« Mes cocottes, Gigina et Filomena, ne m'ont rien donné ce matin, Maria, m'a-t-elle dit. Ce sera pour demain. Je t'en mets de côté, promis. »

Il y a eu un lendemain, mais pas d'œufs frais de Lucia. Elle n'a pas tenu sa promesse. Je me faisais une joie de faire des tagliatelles maison ce week-end. À la place, on m'a servi un trou au cœur.

On sonne à la porte. Je m'attends à voir Pino qui vient prendre de mes nouvelles, mais c'est Sofia.

« Je reviens de l'église. Tout le monde était là pour dire au revoir à Lucia. Enfin… Sauf mes parents, mais ils ont envoyé une gerbe.

— Je n'en doutais pas.

— Tu veux aller au cimetière pour la mise en bière ?

— Non. Tu sais, je n'aime pas cet endroit. Lucia le savait aussi, elle ne m'en voudra pas.

— Bien sûr que non… »

Sofia a l'air d'avoir un caillou dans sa chaussure, ou je ne sais quoi, mais elle n'arrête pas de bouger et me donne le tournis.

« Maria, j'ai pas mal de choses à te dire. (Ah, ça y est. Je me doutais bien qu'il y avait quelque chose…) Je sais que le moment est malvenu, mais justement. Je me suis dit que la vie était trop courte pour qu'on reporte au lendemain.

— Je t'écoute, ma belle.

— Maria, je t'aime, tu es comme une mère pour moi. Je n'oublierai jamais tes mots à la mort de ma *nonna*. Ils m'ont beaucoup aidée, tu sais. J'admire la femme que tu es, ta force, ta constance. Je ne dis rien quand tu es méchante avec Lella, p…

— Je ne suis pas méchante avec elle !

— LAISSE-MOI FINIR ! »

Elle a crié. Ça l'a surprise encore plus que moi.

Elle continue.

« Je ne dis rien parce qu'elle m'a confié un jour que peut-être c'était ta façon à toi de l'aimer. Ou, en tout cas, c'est comme ça qu'elle voulait l'interpréter, pour ne pas avoir de peine. »

Je baisse les yeux et cherche quelque chose, une réponse peut-être, au bout de mes doigts. Elle ne m'en laisse pas le temps.

« Je t'aime, mais j'ai ressenti le besoin de te cacher qu'il y avait une femme enceinte et son fils chez

Franco, parce que ce sont des migrants, et que j'ai eu peur de voir surgir une partie de toi qui m'effraie. »

Mes mains commencent à trembler. Des larmes s'échappent de nouveau de mes pauvres vieux yeux. Je ne sais pas si je suis en colère contre Sofia ou contre moi.

« Elle s'appelle Souma, son petit garçon Mustafa. Elle a traversé des choses terribles et la mer pour arriver jusqu'ici. Elle n'est pas du village, pas de chez nous et, pourtant, elle a besoin de nous tous. Lella lui a obtenu un permis de séjour. Franco lui a donné un hébergement. Maintenant, il faut de l'amour, de la chaleur humaine à cette petite famille. Maria, tu es celle qui en a le plus à revendre. Je vais avoir besoin de toi pour que tout le monde l'accepte, pour qu'elle ne se sente pas rejetée, pour qu'ils soient en sécurité. Souma est d'une douceur incroyable, et Mustafa aime déjà ta glace au chocolat. Ils viennent d'ailleurs, avec d'autres coutumes et d'autres croyances, qu'ils nous apportent comme autant de richesses. Ils ne viennent voler la place de personne. Notre monde est à tous.

— Je, je… »

Et je laisse échapper un :

« Oui. Tu as raison.

— Et je n'ai pas fini. Tu ne rouvriras pas le bar demain. C'est Luca qui le fera, et c'est lui qui le tiendra pendant les trois prochains jours. Je sais que ça te stresse, mais tu peux lui faire confiance. Il a travaillé avec les plus grands, il devrait pouvoir s'en sortir. Toi, tu vas faire ta valise, parce que avec Luciano, Ugo et Franco on part à Paris. Et tu nous accompagnes. »

Je reste bouche bée devant ce monologue. Sofia est rouge comme un piment et a les mains qui tremblent, elle aussi. Je crois qu'elle a fini.

Elle s'assied enfin, retrouve son ton de voix habituel et murmure…

« Putain, je l'ai fait ! T'as pas un truc fort à boire, là ? »

Il est 9 h 30 à peine quand, en levant nos verres d'Amaro, nous trinquons à Lucia, à l'amitié et à Paris.

« Ta grand-mère serait très fière de toi, *nenné*. »

41

Sofia

Aéroport de Naples, 6 h 30 du matin. Si on veut partir low cost, il faut se lever à l'aube.

Pino et Lella nous ont déposés. On a fait le trajet les filles dans une voiture, les mecs dans l'autre. J'ai bien tenté de dormir, en vain. On a dû subir Celentano pendant tout le trajet.

Nous y voilà enfin. J'ai demandé à ma petite troupe d'essayer de voyager léger. Ugo, Luciano et Franco ont respecté les consignes. En revanche, en voulant soulever la valise de Maria, mon bras a failli se décrocher.

« Mais qu'est-ce que tu as emporté ? Un âne mort ?

— Le strict nécessaire, Sofia, je t'assure ! »

Aux contrôles de sécurité, j'apprends que le « strict nécessaire » comporte, entre autres : deux litres de coulis tomate, un spray à l'eau de Javel « toutes surfaces », une cafetière… Tout ce qui était liquide devait rester sur place. Maria n'a pas lâché la pauvre douanière jusqu'à ce qu'elle lui promette d'emporter le coulis chez elle pour en faire un bon *ragù*. « *Senno' è peccato !* » C'est dommage, sinon…

— M'enfin, pourquoi ce spray ? demande Franco.

— Bah, il va bien falloir nettoyer la maison où on va habiter ! »

J'ai loué un appartement pour trois jours sur Airbnb. J'explique que le ménage sera déjà fait à notre arrivée.

« Et tu crois que ça va m'empêcher de le refaire ? »

Nous embarquons enfin. Pour mes quatre compères, l'avion, c'est une grande première.

Franco est excité comme un gamin le jour de Noël.

Luciano tente de cacher son stress.

Ugo fait une prière, et Maria est déjà en train de me broyer la main alors que tous les passagers ne sont pas encore montés. Elle a sorti tous ses gris-gris : trois *curnciell* (les piments napolitains) – un autour du cou, un entre ses seins, un autre dans la main gauche –, ainsi qu'un pendentif en forme de cornes.

« Le mauvais œil n'est jamais loin, Sofia. »

Ces deux heures vont être longues.

J'ai reçu hier matin un mail de Benoît. Une réunion éditoriale importante doit avoir lieu demain, à propos des livres à enjeux pour l'année à venir, et on m'a demandé si je pouvais y participer. J'ai pris cela comme un signe. J'ai tout réservé avant même de demander l'avis de qui que ce soit. Pour une fois, j'ai foncé et les autres ont suivi.

Luca s'affaire au bar, Lella prend soin de Souma et de Mustafa, que l'on a décidé de présenter à tout le monde à mon retour. Et moi, je peux m'occuper de ma petite bande que j'aime tant et lui faire visiter Paris cher à mon cœur.

Le décollage et l'atterrissage sont un peu sport. Maria blasphème une bonne dizaine de fois, s'assurant ainsi une place de première catégorie en enfer. Franco, Luciano et Ugo se lèvent carrément pour applaudir quand l'avion se pose, s'attirant les foudres de tout l'équipage.

Nous rejoignons la capitale sous la pluie. Les valises, les articulations un peu rouillées de mes compères, ainsi que les escaliers en bois des immeubles parisiens ne nous facilitent pas vraiment la tâche, mais, finalement, nous découvrons un coquet appartement, lumineux et chaleureux, avec une immense verrière et vue sur les toits. Il est 11 h 30, nos valises ne sont pas encore rangées que Maria s'impatiente déjà.

« Bon, on va faire les courses ?

— Les courses ? Pourquoi ? je demande.

— Bah, pour le déjeuner ! Qu'est-ce que tu crois ? Il ne va pas se faire tout seul. Carbonara, ça vous va ?

— Mais enfin, Maria, on ne va pas rester là ! C'est un peu les vacances, non ? Tu ne vas pas cuisiner, on va aller au restau.

— Oui, moi, je veux bien du pesto ! intervient Ugo.

— Bon bon bon, d'accord… C'est que je n'ai pas l'habitude, moi !

— Mais oui, on va découvrir. On va manger français ! »

Mes petits retraités sont partants. Ils veulent goûter aux escargots, aux cuisses de grenouilles, aux croissants… Alors Maria accepte de nous suivre.

Mes compères découvrent qu'à Paris, même lorsqu'il pleut, les terrasses sont bondées. Les Parisiens n'ont pas peur de la pluie, contrairement à nous autres, qui la craignons comme si c'était de l'acide. Ça les amuse beaucoup, mais ils refusent de déjeuner dehors – « Faut être fous, quand même ! » –, et c'est dans une petite brasserie tout près de notre appartement que nous finissons par nous installer. On va au plus proche : je ne les sens pas encore prêts pour le métro.

Alors que nous attendons notre commande, Luciano me regarde, choqué.

« *Nenné*, c'est quoi, ça ?

— Eh bien, c'est une assiette avec un morceau de viande. Du bœuf, je dirais.

— Non, mais à côté du bœuf.

— Ah oui… Des pâtes.

— DES PÂTES ET DE LA VIANDE DANS LA MÊME ASSIETTE ?! crie Ugo.

— C'est une ignominie, surenchérit Franco.

— J'ai envie d'aller les frapper… » lance Maria, toujours modérée.

Je dois leur expliquer qu'en France les pâtes sont souvent servies en accompagnement. Ce qui ne leur plaît pas du tout.

« Ils ne connaissent pas les légumes, tes Parisiens ? Ou les patates ?

— Ils n'ont pas assez d'assiettes ? »

Nous déjeunons mais la discussion sur le sujet dure une bonne heure. Je finis par l'interrompre pour proposer de remonter à l'appartement et que tout le monde se repose un peu avant de commencer les visites.

J'en profite pour envoyer un mail.

Furore

Furore surplombe la mer. C'est une petite bourgade tout en hauteur.

Pour profiter du plus beau panorama, il faut parcourir le sentier des dieux et s'équiper de chaussures confortables. Le chemin, qui traverse une nature sauvage, est périlleux. Mais la vue qu'il offre est à couper le souffle.

En septembre, le village se transforme en galerie d'art. C'est pour cela qu'on l'appelle Il paese dipinto, *le « village peint ». Mais son plus bel atout, c'est son fjord. Le seul fjord italien, abritant un village de pêcheurs et une unique plage surplombée d'un pont vertigineux, duquel les plus courageux oseront plonger.*

Furore est classée patrimoine de l'Unesco, parce qu'elle a une beauté rare et précieuse.

Je clique sur « envoyer », puis je prends mon courage – et mon portable – à deux mains, et je tape un texto.

Suis à Paris pendant deux jours. Si tu es dispo pour un verre, appelle-moi.

Une seconde plus tard à peine, mon téléphone sonne. J'inspire, j'expire.

« Bonjour, Jérôme… »

42

Maria

Bon, j'avais raison : il n'y a pas de bidet.

Comment font ces gens ? Ils prennent une douche chaque fois qu'ils font caca ? C'est un mystère.

Eh bien, moi, je ne ferai pas caca ici. D'abord, je ne le fais jamais en dehors de chez moi ; c'est un principe. Même au bar. Pas possible.

Lorsque nous sommes partis une semaine en voyage de noces à Capri, avec Gennaro, j'ai failli terminer à l'hosto. Faut dire que j'ai un transit parfait. Réglé à heure fixe. 6 h 30 tapantes, c'était l'appel du trône.

Je partage ma chambre avec Sofia. J'ai rangé toutes nos affaires et changé les draps. J'ai apporté les miens. Hors de question que je dorme dans les draps des autres.

Je me sens presque bien.

Ça me fait bizarre de ne pas travailler. D'être loin de chez moi, de mes repères. Loin de Gennaro, de Pino, de mon Giogio. Mais je suis contente d'avoir accepté ce voyage.

La mort de Lucia m'a donné le courage d'affronter toutes ces premières fois : l'avion, un autre pays, l'inconnu. Les jeunes d'aujourd'hui voyagent dès leur plus jeune âge ; au bar, ils se moquent de moi lorsque je leur raconte que je ne suis jamais allée plus loin que Florence. Mais je n'ai jamais ressenti ce besoin. Je voyage à travers les récits des clients de mon bar. J'ai la chance de vivre par procuration, sans quitter mon comptoir et ma vue sur mer.

Il y a ce directeur commercial du port de Salerno, qui a parcouru le monde et qui revient chaque semaine avec des photos et des trouvailles surprenantes. Il y a ceux qui partent étudier en Espagne, en Angleterre ou aux États-Unis, et qui rentrent le sac à dos chargé d'expériences qu'ils ne demandent qu'à partager autour d'un café. Il y a Peppe, le routier, qui dans son camion arpente l'Allemagne, la Suisse et la Belgique, et qui n'oublie jamais de rapporter de la bonne bière et du chocolat. Il y a Moussa qui, parfois, me fait le cadeau d'une histoire de son pays. Il aime surtout me parler de la cuisine de chez lui, des recettes, des épices. Il m'a plusieurs fois proposé de me faire goûter à un plat qu'il appelle « tajine ». Je me promets d'accepter quand nous serons rentrés.

Le sommeil finit par m'emporter. À mon réveil, tout le monde est prêt pour aller voir celle pour laquelle on a fait tout ce chemin : la tour Eiffel.

Nous suivons Sofia à la trace. Ugo a un peu de mal avec sa canne, mais il tient bon.

« Tu es sûr que tu ne veux pas qu'on prenne un taxi ?

— Mais non, je n'ai pas envie de faire pipi ! »

L'expérience du métro a été un choc. J'ai eu l'impression d'entrer dans un égout géant. Et les gens s'y comportent pire que des rats. Personne ne dit bonjour à personne. Personne ne sourit à personne. Mais qu'est-ce qu'ils ont, ici ? Ils sont tous nés avec un balai dans le cul ?

Lorsque Sofia me dit qu'il faut se tenir à la barre dégueulasse plantée en plein milieu de la rame, j'annonce qu'il faudrait me menacer d'une arme. Hors de question que je touche ce truc. Alors je me tiens à Sofia qui se tient à la barre. Je donnerais n'importe quoi pour avoir mon spray d'eau de Javel à cet instant précis.

« Vous voyez bien que c'était indispensable ! »

Le trajet dure une éternité. Je commence à regretter cette petite escapade parisienne quand, tout à coup, je lève la tête et elle est là. Immense. Fière. Majestueuse.

« *Porca puttana !* s'exclame Franco.

— OK. Donc c'est un bout de ferraille, commente Luciano.

— On monte tout en haut ? demande Ugo.

— Avec ta canne ? Tu vas y arriver ?

— Mais non, j'aurai pas mal aux pieds ! Allez, on y va. »

Et là-haut, je ne sais pas ce qui me prend. Les larmes coulent toutes seules. Je prends une photo avec mon téléphone. Pour Gennaro. Qu'est-ce que je donnerais pour qu'il voie ça !

Gennaro, mon Gennari', est-ce que c'était aussi beau, depuis le haut de ta montagne ?

43

Sofia

J'ai donné rendez-vous à Jérôme dans un bar près de notre location. J'ai d'abord dîné avec ma petite Italie, puis je me suis éclipsée en ne disant la vérité qu'à Maria. Qui m'a bien sûr engueulée.

« Si tu me dis que tu restes ici et que je dois rentrer seule avec les vieux, je te botte le cul !

— Aucun risque, Maria », l'ai-je rassurée.

Après avoir essayé toutes les fringues que j'avais dans ma valise, j'ai opté pour un look faussement décontracté. Jean, chemisier, rouge à lèvres rouge. Du basique, du simple. Le tout est de faire comme si je n'avais jamais attendu ce rendez-vous.

J'aperçois Jérôme avant même d'entrer dans le café : il est déjà assis à une table au fond.

Il se lève pour m'accueillir, m'embrasse sur la joue maladroitement.

« Tu es très belle, Sofia.

— Tu n'es pas mal non plus. »

Il a laissé pousser sa barbe, il a un peu minci. Son regard gris est toujours aussi électrique. J'ai évidemment très envie de l'embrasser.

« J'ai reçu tes cartes.

— Il en manque encore. Je… Ce voyage n'était pas prévu. Mais puisque je suis là…

— Tu sais très bien parler de ce que tu aimes, j'aurais dû t'écouter et venir visiter ton Italie avant de te perdre.

— Il n'est peut-être pas trop tard ? »

Mais qu'est-ce qui me prend ? Pourquoi est-ce que je lui ai répondu ça ? Où sont passées ma colère et ma rancœur ? Je me sens stupide, j'entends ma conscience hurler, furieuse, dans ma tête. Je me rends compte qu'elle a la voix de Maria. Comme c'est étrange… J'ai dû inspirer le dicton « L'amour rend idiot ».

« Je l'espère bien », me répond-il.

Nous commandons deux verres de vin rouge, il me parle de son travail, de nos amis, de Jean-Claude, son chat que j'adorais. J'ai l'impression de l'avoir quitté la veille. Tout cela mis bout à bout, nous finissons par discuter trois heures. Lorsqu'il me propose d'aller prendre un dernier verre chez lui, je décline. Peut-être une autre fois…

Je lui ai dit que j'étais ici avec des amis, que j'aimerais les lui présenter. Il accepte, me propose de réserver un restaurant et d'envoyer un taxi – grand, le taxi ! – nous chercher à 19 h 30 le lendemain. Il me raccompagne, m'embrasse tendrement et me susurre dans l'oreille que je lui ai énormément manqué. Je sens son regard me suivre lorsque je m'éloigne. Je marche un peu. Je ne sais pas trop définir l'état dans lequel je me trouve, ce que je ressens. Lorsque je finis par monter les escaliers, je me rends compte que mon cœur se croit en boîte de nuit, que mes mains tremblent un peu, et que l'on pourrait cuire un œuf au plat sur mes joues. J'ai tout à coup 15 ans, et très envie de me mettre des baffes !

Je pénètre dans la chambre en essayant de faire le moins de bruit possible. Maria m'entend tout de suite et allume la lampe.

« Ça a été, *nenné* ? Il ne t'a pas fait de peine, ce salaud ?

— Non, Maria. C'était bon de le revoir. On dîne avec lui demain, ça te va ?

— Je veux ! Il est temps que je le regarde dans les yeux, celui-là.

— Tu n'arrives pas à dormir ?

— Non.

— Tu penses à quoi ?… »

44

Maria

Je pense à ce qu'elle m'a dit l'autre jour concernant Raffaella. Je pense à cette colère que j'ai envers ma belle-fille depuis toujours sans pouvoir l'expliquer. Ou sans pouvoir regarder dans les yeux la véritable explication.

Après la naissance de Pino, Gennaro et moi avons longtemps essayé d'avoir un autre enfant. J'ai fait sept fausses couches. Sept. « C'est la nature », « C'est Dieu qui a choisi », « Vaut mieux ça qu'un enfant handicapé », « Tu t'en remettras », « Tu es jeune, tu as le temps »… Tout, j'ai tout entendu. Et, au début, j'étais de leur avis, et puis, chaque fois, ça faisait un peu plus mal.

J'étais épuisée, entre Pino, le bar, les grossesses, puis les fausses couches à répétition. Je tentais de ne pas m'attacher, de ne pas espérer chaque fois que j'avais un retard. J'ai essayé de conjurer le sort. Je ne touchais même plus mon ventre, pour ne pas faire peur à ce bébé qui se battait pour s'accrocher.

Mais rien. Mon corps n'a plus jamais abrité la vie.

Plus Pino grandissait, plus il était proche de son papa. Gennaro faisait tout avec lui. Ils partaient des journées entières à la montagne. Plus j'observais leur complicité, plus je rêvais d'avoir une fille. Je l'ai longtemps fantasmée avec de longs cheveux bouclés. Parfois, même, elle me manquait. Comment peut-on ressentir l'absence d'une personne qu'on n'a jamais connue ?

Je crois que j'aurais aimé lui donner la vie, l'aider à devenir une femme, une grande femme, belle dedans, épanouie dehors. De ces femmes fortes, élégantes dans l'âme, de celles qui marquent, de celles qui comptent. J'aurais aimé lui expliquer à quel point c'est beau d'en être une, à quel point c'est trop souvent difficile aussi. J'aurais voulu lui dire de respecter les autres, et de prétendre au même respect en retour, toujours. J'aurais voulu lui dire de se respecter elle en premier, et que finalement c'est ça le plus compliqué et le plus essentiel. J'aurais aimé lui expliquer qu'une femme peut tout être, tout devenir, que le choix appartient à chacune. J'aurais voulu la guider. Lui hurler qu'elle peut y arriver, qu'elle en est capable, qu'il n'est jamais interdit de rêver, qu'il est toujours permis d'échouer. J'aurais voulu l'aider à se relever des chutes inévitables, l'encourager, la soutenir. J'aurais voulu l'aimer.

Puis Raffaella a débarqué dans nos vies et, malgré ses longs cheveux blonds, j'ai pensé que ça pourrait faire illusion. Mais elle n'a jamais voulu de moi comme maman – et c'est bien normal car la place était déjà prise.

Alors toute ma colère, tous ces échecs et toutes ces souffrances se sont reportés sur elle. Et si je sais que c'est mal, si je sais que Pino en a souffert, et elle aussi, je n'ai jamais réussi pourtant à faire autrement. Et je crois que jamais je n'y arriverai.

En plus, maintenant, ça me fait beaucoup trop marrer !

« Maria ? Tu es avec moi ? Tu penses à quoi, Mari' ?

— À rien, *nenné*. À rien. Faut qu'on dorme, maintenant. »

45

Sofia

Lella m'a appelée en visio depuis chez Franco. Elle petit-déjeune avec Souma et Mustafa.

« Bon, alors les Parisiens, comment ça va ?

— Mais t'es canon ! Souma t'a aussi épilé les sourcils ?

— Oui, tu as vu ça ? J'adore ! Bon, et vous ? Raconte !

— Écoute, au top. Ce matin, j'ai été réveillée par une odeur de sauce tomate. Il était 6 h 30 ! Et je crois qu'Ugo et Luciano sont en train de réparer la chasse d'eau de l'appartement pendant que Franco change deux ampoules grillées. Dormir, ils connaissent, tu crois ?

— Mais Maria n'avait pas dû abandonner ses conserves à l'aéroport ?

— Ah si. Mais, une fois la sécurité passée, elle m'en a fait racheter au *duty free* avant d'embarquer. Elle a dit que ce serait toujours mieux que les sauces françaises… Tu sais comment elle est. Je n'ai même pas cherché à protester.

— Laisse-la : c'est plus fort qu'elle. Si elle ne prépare pas un bon *ragù* par semaine, elle ne se sent pas bien.

— Ah, et puis Luciano avait apporté ses sabots en bois ! Ses sabots… Il dit qu'il a besoin des petits picots sur la semelle ; c'est pour sa circulation. Il fait un boucan épouvantable. Je peux te dire que le voisin du dessous n'en avait rien à foutre, de ses problèmes veineux, et qu'il lui aurait bien balancé ses sabots à la tête si je n'étais pas intervenue. Tout ce que Luciano a trouvé à me répondre c'est : "Alors c'est vrai ce qu'on dit sur les Français… Ce sont des vrais connards !" »

Lella a failli recracher son café par le nez.

Souma me raconte que Lella et elle ont rendez-vous chez le gynécologue aujourd'hui. Elle va faire une écho, voir si le bébé va bien. Luca lui a proposé de garder son fils pendant ce temps, et elle a accepté. Elles vont aussi faire les démarches pour inscrire Mustafa à l'école maternelle à la rentrée. Elle est radieuse. Apaisée. Ses progrès en italien sont énormes. Elles arrivent à communiquer de plus en plus facilement, avec Lella. J'ai envie de pleurer de joie. Je leur déballe tout à propos de Jérôme. Lella me dit qu'elle paierait très cher pour être là au dîner de ce soir.

Je raccroche à contrecœur et file sous la douche pour arriver à l'heure à la réunion avec mes éditeurs. Une fois prête, je croise mon reflet dans le miroir. Depuis quand n'ai-je pas affiché ce sourire stupide ? Impossible de m'en défaire depuis hier. J'embrasse tout le monde et je quitte l'appartement sans m'attarder.

« J'y vais ! Soyez sages. Quand je rentre, on ira faire un tour en bateau-mouche.

— OUAAAAAIS !!! » crient en chœur Luciano, Ugo et Franco.

À peine ai-je le dos tourné que j'entends Franco demander à Luciano : « C'est quoi, un bateau-mouche ? » Et Ugo d'ajouter : « J'en sais rien… Moi, je suis content : elle a dit que je vais enfin avoir droit à une couche. »

J'étouffe un rire et je cours retrouver les rues de Paris qui m'ont tant manqué. Je descends du métro deux stations avant ma destination. J'ai envie de marcher, l'air est doux, et se faire porter par la vie parisienne le matin est délicieux. C'est un grand écart total avec mon petit village où tout le monde prend son temps – même ceux qui sont pressés. La *dolce vita*, ici, on ne connaît pas. Pourtant, j'aime vraiment les deux ambiances. J'aurais adoré pouvoir profiter de ces deux pays sans avoir à choisir. Adoré vivre deux mois ici, puis trois là-bas… À condition que Jérôme me suive, bien sûr.

Je suis heureuse de retrouver l'équipe et surtout Benoît. Même s'il est très difficile de rester sérieux en réunion lorsqu'on est ensemble.

« Mais comment tu m'as manqué !

— Toi aussi, mon chat. J'espère que tu ne m'as pas remplacée par la première pouf venue…

— T'es sérieuse ? Personne ne t'arrive à la cheville, meuf. Et tu sais quoi ? Je viens te rendre visite cet été. Tu me fais trop envie avec tes photos de bouffe : j'en peux plus, moi. »

Je lui saute dans les bras. J'ai hâte de lui faire découvrir mon petit coin de paradis.

La réunion se passe. Bien. Mais nous n'avons pas pu éviter quelques fous rires. On a évoqué les prochains titres étrangers à paraître, et on m'a confié la traduction de deux nouveaux manuscrits, dont l'un très attendu. Même si l'équipe me manque – j'adorais que l'on se retrouve le soir, après le travail, pour aller voir un nouveau spectacle ou pour refaire le monde autour d'une bière –, j'avoue ne pas regretter ces bureaux gris. Ils ne peuvent clairement pas rivaliser avec le Mamma Maria.

Je propose à Benoît de venir déjeuner avec nous à l'appartement.

« Maria a fait de la *pasta al forno*, mec. Tu vas te ré-ga-ler. »

Je n'ai pas fini ma phrase qu'il a déjà sa veste sur le dos.

Nous prenons le temps de faire la plus grosse partie du chemin à pied. Je tiens le bras de mon ami, je profite, je l'observe : ses cheveux sont un peu plus longs, mais son rire n'a pas changé, il est toujours aussi communicatif. Benoît, je dois l'admettre, a fait ressortir une part de moi dont je ne suis pas vraiment très fière, mais qui m'amuse beaucoup : on adore *bitcher* ensemble. C'est une façon un peu plus élégante de dire qu'on pratique la langue de pute. Et notre petite promenade improvisée nous laisse tout le loisir de rattraper le temps perdu depuis mon départ.

« Alors ? J'ai appris que Sophie était partie en congé maternité ?!

— Oh, m'en parle pas. T'as vu son Instagram ?

— Si j'ai vu son Instagram ?! J'ai dû mettre son compte en sourdine tellement je n'en pouvais plus de voir son bide tous les jours et sous toutes les coutures ! Je crois que ces derniers mois j'ai plus vu son ventre que le mien. Elle ne nous épargne rien, hein. J'ai hâte qu'elle nous fasse une story sur l'ouverture du col.

— Au bureau, elle a commencé à nous parler de sa grossesse et à se tenir le ventre alors qu'elle devait être enceinte de dix minutes à peu près ! Un jour, je lui ai sorti : "Écoute, j'ai l'air plus en cloque que toi quand j'ai pas chié pendant deux jours !" »

On finit toujours nos séances de bitchage en se disant qu'on est vraiment horribles – et aussi en se félicitant de nos punchlines. Parce que, il faut l'avouer, on est vraiment très bons.

Lorsque nous arrivons à l'appartement, je présente Benoît à mon petit clan. Maria lui ordonne de s'asseoir, Franco lui sert un verre de vin, Ugo lui offre une cigarette, et Luciano lui annonce qu'il va devoir lui apprendre à jouer à scopa. Benoît se laisse emporter par ce joyeux tourbillon – sauf la cigarette. Ugo proteste :

« *Una è sfizio, non è vizio !* » (« Une seule, c'est pas un vice, c'est un petit plaisir. »)

Mon ami reste sur ses positions.

« Mais je suis d'accord pour la scopa. Après déjeuner ? On ne va pas passer à table, là ?… »

Je ris.

« Bah non, chéri. Il est tôt. À peine midi trente. Nos estomacs ne sont pas à l'heure française, tu sais. Maria en a encore pour au moins une heure de travail !

— Ah oui, OK. Donc je vais décéder de faim chez des Italiens. C'est un comble. »

Je râpe le parmesan et coupe la mozzarella (que Maria nous a aussi fait acheter à l'aéroport).

« Tu as vu ? Ils ont des emballages spéciaux pour les emporter : c'est bien que je ne suis pas la seule à faire ça ! »

C'est vrai que notre mozzarella *di bufala* est inégalable, mais enfin, j'aurais pu m'en passer trois jours.

Les *pasta al forno* sont un délice, et tout le monde se régale. Je sers de traductrice pendant le déjeuner. Et ce n'est pas de tout repos, car Benoît est littéralement passé à la question et ausculté sous tous les angles.

« Toi, tu m'as l'air d'être un vrai gentil garçon. Et puis t'as vu comme il mange bien ? Ça, c'est un homme pour toi, Sofi' ! Bénouà, tu veux pas l'épouser, par hasard ?

— C'est une belle offre, Maria. Mais vous savez, je préfère les garçons.

— Ahhhhhhhh…

— Qu'est-ce qu'il dit ? demande Ugo.

— QU'IL PRÉFÈRE LES GARÇONS.

— Oh, mon pauvre petit. Tu as attrapé ça comment ?

— Mais enfin, c'est pas une maladie ! »

Je m'insurge et j'évite cette dernière traduction à Benoît, histoire de ne pas mourir de honte.

« Il a bien raison de préférer les garçons ! On est mieux entre nous. Vous autres, les femmes, vous nous faites que des emmerdes, surenchérit Luciano.

— Je vais répéter ça à ta femme. Tu vas moins faire ton malin ! » menace Maria.

Après le déjeuner, pendant que Maria fait la vaisselle, que Franco débarrasse la table et que Luciano et Ugo ronflent, assis sur leurs chaises (on a beau leur proposer d'aller se coucher, ils prétendent qu'ils ne dorment pas), moi, je profite encore un peu de mon ami. Je lui parle de Jérôme, de notre soirée qui a ravivé beaucoup de choses, de ma décision de rompre qui a été peut-être un peu trop radicale finalement…

« Excuse-moi, mais il n'y avait pas que l'Italie qui posait problème, il me semble. Il y avait aussi la question des enfants… Tu as changé d'avis, pour les enfants ?

— Pas vraiment. Mes ovaires se rétractent toujours à l'idée de devenir mère.

— Lui, il veut fonder une famille, non ?

— Oui… Qu'est-ce qu'ils ont tous à vouloir des mioches ?! Pourquoi la perspective de ne plus dormir pendant des années, de ne plus être libres, de dépenser autant d'argent pour un autre que soi les fait autant rêver ? Ça me dépasse.

— Ne me demande pas ça à moi. Moi je ne veux même pas m'engager pour adopter un chaton, tu sais. Alors un autre être humain… »

Puis Benoît remercie chaleureusement Maria pour ce repas pendant lequel il a mangé les meilleures pâtes de sa vie. Il remercie aussi les messieurs de lui avoir appris un nouveau jeu de cartes très amusant – « Quoiqu'un peu violent… Ils crient toujours comme ça ?! »

Il m'embrasse une dernière fois et me promet de m'appeler très vite. Et puis il ajoute :

« En revanche, ça se passe comment, pour la digestion des trois assiettes que je me suis enfilées ?… Faut que je demande à ce qu'on me mette dans un coma artificiel pendant un ou deux mois, c'est ça ? »

46

Maria

Bon, le bateau-mouche ne ressemble pas du tout à une mouche, mais plutôt à un bateau. Et ça, c'était un peu décevant. En revanche, la balade était superbe. Il faisait beau, on a pu prendre le soleil à l'étage pendant qu'on découvrait la ville. Les arbres sont en fleurs, le soleil nous caressait doucement. Cette ville est magnifique, même si je préfère largement la Méditerranée à ce fleuve brun dans lequel je ne tremperais pas même un orteil.

Je prends une photo du trio troisième âge, avec leurs lunettes de soleil et leurs *coppola* sur la tête. La mafia italienne a débarqué à Paris. Je demanderai à Giogio de me l'imprimer et je l'afficherai au bar. En y regardant de plus près je m'aperçois que deux sur trois de mes bonshommes dorment. Ugo ronfle carrément. Sofia, elle, a le sourire d'une adolescente qui vient de retrouver son amoureux ; elle envoie des textos en ricanant. J'avoue que j'ai très envie de la secouer comme un prunier.

Mais ce qui m'inquiète, c'est que, sans même l'avoir encore rencontré, je n'aime pas ce Jeromo. J'espère me tromper, et qu'elle ne souffrira pas à nouveau.

Lorsqu'elle est rentrée en Italie, on avait dû la ramasser à la petite cuillère.

Nous allons visiter Notre-Dame. Je refuse de mettre les pieds dans une église depuis longtemps, mais là, je n'ai pas pu résister devant tant de beauté. Je n'ai jamais vu une telle cathédrale. Elle donne envie de croire de nouveau en Dieu.

Nous allons tous allumer une bougie pour Lucia. Sofia m'explique que chaque fois qu'elle visite une église, elle allume un cierge pour sa *nonna*.

« Elle te manque encore beaucoup hein, *nenné* ?

— Oh, tu sais, Maria, j'ai appris à vivre avec ce chagrin-là. Je crois qu'il y a des bras irremplaçables. J'ai essayé d'en trouver d'autres dans lesquels me nicher. Ça n'étreint pas pareil. Ça ne renferme pas autant d'amour. Ce sont des dupes. Des *fakes*. Il y a des manques impossibles à combler. Et des plaies qui, même après avoir cicatrisé, font aussi mal que le jour de la chute dès lors que notre regard se pose sur elles et en ravive le souvenir. »

Je la serre dans mes bras.

« T'as sorti ton talent de poète pour me faire pleurer, c'est ça ?

— Maria, tu me serres trop fort, là. J'étouffe !

— Pardon. C'est beau ce que tu as dit.

— Et toi ?… »

Je remercie son portable de sonner à cet instant précis. Elle sort pour prendre l'appel.

Je profite encore un peu du calme et de la beauté de cette foutue église qui me donne envie de chialer. Je me rends compte que je ne pense pas trop au bar. Finalement, il suffisait que je prenne deux heures d'avion de recul pour le laisser un peu vivre ma vie sans moi. Je ne dis pas que je n'ai pas hâte de le retrouver

– et puis je dois manquer à tout le monde, car je suis formidable et irremplaçable –, mais je ne suis pas mécontente d'avoir pris un peu l'air.

En rentrant, je m'arrête seule au bistro en bas de l'appartement. J'ai rarement mis les pieds dans un autre café que le mien. C'est étrange d'être de l'autre côté.

Je commence par demander un Coca, car Sofia m'a très souvent parlé des cafés français et ne m'a pas du tout donné envie d'y goûter. D'ailleurs, en observant le garçon au comptoir, j'ai plutôt l'impression qu'il sert des soupes. Pourquoi leurs tasses sont-elles si énormes ? Ils comptent y prendre un bain à l'intérieur ?

C'est moins bruyant que chez moi. Chacun est à sa table, dans son monde, les yeux rivés sur un livre ou sur un écran. Les Parisiens sont plus disciplinés et bien plus silencieux que nous. Mais je me dis que ce serveur doit trouver le temps long, alors j'essaie d'engager la conversation. J'aimerais lui dire qu'on fait le même métier, lui et moi, mais il y a la barrière de la langue et la différence d'âge… Il me sourit poliment, me lance un *« No comprendo »* et retourne à son travail.

Je ne me laisse pas démonter. Je prends la carte et je commande au hasard. J'ai envie de vivre dangereusement. J'essaie de prononcer ce mot qui contient beaucoup trop de voyelles, j'obtiens un « Pardon ? » en retour, alors je montre avec le doigt l'objet de mes désirs.

« Ah ! Cointreau ! »

Quattro ? C'est pas du tout ce qui est marqué, mon mignon !

En voyant mon verre arriver, je comprends que c'est une liqueur : parfait pour me mettre en jambes pour le dîner de ce soir… Je vide mon verre en deux gorgées.

J'ai même droit à un « Olééé ! » de mes deux voisins de comptoir.

Eh bien voilà, j'ai réussi à les dérider un peu, ces Français !

L'un d'eux me demande d'où je viens, et là, l'alcool aidant, je pars dans un monologue de plusieurs minutes. (Je crois bien que je les ai même invités à manger des lasagnes à la maison…) Je suis certaine qu'ils n'ont rien compris, mais ils ont l'air contents. Ou bourrés. (C'est pareil.)

Il se fait tard, je finis par rentrer rejoindre les autres.

Je n'avais jamais fait cela. Partir à l'aventure, seule. Jamais. Et je pensais qu'il était peut-être trop tard pour le faire. Et si finalement c'était juste le bon moment ?

47

Sofia

J'annonce qu'il faut que tout le monde soit prêt dans quinze minutes. Le taxi sera en bas de l'immeuble à 19 h 30. J'ajoute :

« UGO, TU AS ENTENDU ?

— Non, ça va, je n'ai plus mal au cul. C'est ces foutus sièges du bateau, aussi ! Beaucoup trop inconfortables.

— *Nenné*, 19 h 30, c'est tôt, non ? On va aller goûter ou dîner ? » demande Franco.

J'ai envie de pleurer.

« S'il vous plaît, faites un effort. Pour moi. Je vous demande ça comme un service. Soyez un peu… moins… italiens, ce soir.

— Promis, ma chérie. On fera un effort. Les mecs, tenez-vous bien, sinon vous aurez affaire à moi ! Allez, ça va bien se passer, il va nous adorer… »

Je remercie Maria de me venir en aide. Même si ça ne me permet pas vraiment de déstresser.

Je saute dans une petite robe noire, simple mais sexy. C'est surtout la lingerie, que j'ai choisie avec soin. J'espère bien faire faux bond à ma petite bande cette nuit.

Le chauffeur nous conduit dans un restau branché du IVe arrondissement. Jérôme nous attend à l'intérieur. Il est encore plus beau que la veille, dans sa veste en lin bleu marine. Il a l'air surpris. Il m'embrasse sur la joue et me chuchote : « Je n'avais pas compris que tu avais des amis tout droit sortis de la maison de retraite… » Puis il serre la main à chacun en se présentant et en articulant de façon exagérée son prénom, très fort. Comme s'il parlait à des demeurés.

Le seul avantage, c'est qu'Ugo n'a pas de mal à entendre, pour une fois.

Jérôme est peut-être stressé lui aussi, ça doit être pour ça qu'il agit si bizarrement.

Nous passons à table. Je traduis le menu. Jérôme glisse une main sur ma cuisse et me dit tout doucement à l'oreille : « Ils devraient prendre de la soupe pour que leur dentier tienne le coup… Oh, non, j'hallucine ! Celui qui est en face de moi n'a que trois dents ?! »

Je m'entends ricaner bêtement ; j'ai tellement honte de ma réaction. Maria, heureusement, ne comprend pas un mot de ce qu'il dit, mais je sens qu'elle a très envie de m'en mettre une.

Chacun a passé commande, quand Jérôme clame haut et fort ce qu'il a choisi…

« Moi, je vais prendre vos tagliatelles aux *scampi*. Pour faire honneur à l'Italie. Dites au chef que la barre est haute, ce soir ! »

Je me raidis instantanément. Ils ne vont pas pouvoir se taire quand ils vont voir arriver les pâtes. Je prie pour qu'elles soient bonnes. Au moins, qu'elles ressemblent à quelque chose d'humain…

Maria essaie de jouer le jeu et de s'intéresser à Jérôme en lui posant des questions sur son travail, sa famille. Luciano s'est endormi, et Ugo et Franco se chamaillent pour décider lequel du pain français ou italien est le meilleur. Je me rends compte, au fur et à mesure des échanges entre Maria et Jérôme, que je traduis de plus en plus les réponses de l'homme que j'aime à ma sauce. Son « J'adore voyager, mais il faut que les pays et les cultures que je visite soient vraiment enrichissants. J'aime aller au Japon, aux États-Unis… Vous voyez où c'est ? » est devenu « Je voyage énormément, pour le travail essentiellement. Notamment au Japon et aux États-Unis. Mais j'ai aussi vraiment hâte de découvrir votre pays. »

Quand je pense que ça ne peut pas être pire, les plats arrivent.

Jérôme fanfaronne.

« Aaaah !… Alors, regardez-moi ça ! Les Italiens pensent toujours que les Français ne savent pas faire les pâtes, mais quand on voit ça… Alors ? QUI sait faire les pâtes ? Allez, allez… Vous voulez goûter ? »

Tout le monde décline poliment. Même si, objectivement, elles n'ont pas l'air si mauvaises. Mais nous savons tous les cinq qu'elles sont trop cuites d'au mieux trois minutes, au pire dix. Et pour nos palais, ce serait un cauchemar d'avaler une telle purée.

C'est alors que la catastrophe que je redoutais tant survient… Jérôme commence par mettre une tonne de fromage sur ses *scampi*. Puis… prend sa fourchette ET sa cuillère – qu'il a subrepticement demandée au serveur, le fourbe ! – pour enrouler ses tagliatelles, puis finit par ajouter en souriant :

« C'est bien parce que vous êtes là ! Car, normalement, je les coupe… »

À partir de là, je n'ai plus rien contrôlé. Ils se sont tous mis à gueuler en italien. Ça a été une cacophonie générale. Maria s'est levée pour se mettre derrière

Jérôme et lui montrer comment on mange des pâtes. *Tragedia nazionale.* Je suis sortie de table pour aller aux toilettes reprendre mes esprits, vomir, chialer un bon coup, faire quelques incantations à la moitié des saints d'Italie, me souvenir de quelques bons moments de ma vie, et, surtout, filer dix euros au serveur pour qu'il dise que la machine à café était en panne.

Parce que je n'étais pas prête à endurer ce qui arriverait lorsqu'ils verraient la quantité de liquide dans les tasses. Et je ne parle même pas de quand ils découvriraient le goût. Le GOÛT de ce qu'on risquait de leur servir…

En revenant à la table, tout le monde s'était calmé. Les fromages français que mes Italiens ont accepté de goûter – et qu'ils ont appréciés, malgré la forte odeur à laquelle ils ne sont pas vraiment habitués –, le fondant au chocolat et les tisanes ont permis de terminer la soirée sur une note un peu plus positive. Dieu merci, personne n'a remarqué que des cafés continuaient à être servis aux tables voisines.

J'ai réussi à éviter une énième catastrophe lorsque Jérôme a proposé de diviser la note en six, en lui arrachant des mains et en criant un « C'EST POUR MOI ! » beaucoup trop aigu au serveur.

Voilà une chose qui n'arriverait pas dans mon village. Les invités, en Italie, c'est sacré : ils ne paient jamais. C'est une règle de base, un code d'honneur. On ne partage pas nos additions, on paie à tour de rôle. Même le pire des connards n'aurait pas proposé cette option.

J'ai envie de mourir.

Après cet échec, je prétexte une grosse fatigue et suggère à Jérôme de nous revoir en tête à tête le lendemain. Mes jolis sous-vêtements, mes désillusions et moi-même préférons dormir avec Maria.

48

Maria

La petite a pleuré toute la nuit. Je lui ai longtemps caressé les cheveux avant qu'elle ne parvienne à s'endormir. Ce matin, elle est sortie de bonne heure marcher un peu. Elle m'a dit qu'elle nous rapporterait des croissants. Mais toujours rien…

Je rejoins Franco sur le balcon. Il me dit que le petit Mustafa lui manque.

« Parle-moi de lui… »

Son visage s'illumine instantanément.

« Mari', je n'ai jamais rencontré un enfant aussi intelligent. Il a à peine plus de deux ans et il comprend déjà tout ce que je lui dis. Je lui ai montré comment repiquer les plants de tomates. Tu aurais dû le voir, avec ses petites mains, à genoux dans la terre, appliqué à reproduire mes gestes. Et puis il adore jouer au foot – et il est doué ! J'y passerais des heures si je ne m'essoufflais pas aussi vite. Je lui apprends à cuisiner. Il aime aussi regarder le sport avec moi à la télé. J'ai tellement hâte de rentrer à la maison pour les retrouver… Ça ne m'était pas arrivé depuis longtemps, tu sais. Rentrer et trouver les murs vides, c'était une torture ! Aujourd'hui, avec Souma et lui, j'ai l'impression d'avoir une famille.

— Je suis heureuse pour toi, Franco. Tu sais que certains pourraient te faire de la peine… À cause… À cause de la couleur de peau du petit. Et puis je crois qu'ils n'ont pas la même religion que nous… Moi, ça m'est égal, hein, tu sais. Je dis ça pour les autres.

— Les autres, je les emmerde ! Oui, ils sont musulmans. Je vois Souma faire sa prière cinq fois par jour. Je lui ai même acheté un petit tapis, parce qu'elle prenait celui de la salle de bains. Ils ne mangent pas de jambon, alors j'achète de la dinde. Sofia m'a raconté que, en Libye, Souma, elle était obligée de porter le voile. Qu'elle l'avait perdu en arrivant en Italie, et que, depuis, elle ne se sent pas très à l'aise sans. Je lui ai donné l'un des foulards de ma femme, pour qu'elle le mette si elle en avait envie. Moi, qu'elle porte un fichu, une casquette ou même un rideau sur la tête, je m'en fiche ! C'est ce qu'il y a dedans qui m'intéresse, et Souma est gentille avec moi. Elle ne me traite pas comme une vieille personne sénile. Elle n'essaie pas de faire les choses à ma place comme si j'étais un enfant incapable. Elle m'écoute, même si elle ne comprend pas tout. Elle me demande si je vais bien, tous les matins. Elle m'offre un sourire et la chance de les avoir avec moi tous les jours. Tu sais, je crois qu'elle a vécu tellement d'horreurs dans sa jeune vie qu'elle mérite cent ans de bonheur. Je ne serai pas là éternellement, Maria. Mais je veux passer le reste du temps qui m'est donné à vivre à les aider. Moi qui n'avais plus aucun but, j'en ai trouvé deux magnifiques. Et bientôt trois. »

Les croissants et les yeux bouffis de Sofia sont arrivés. Le café est prêt. Nous avons tous hâte de goûter à ces viennoiseries dont le monde entier vante les mérites.

« Alors ?… C'est délicieux, n'est-ce pas ? demande-t-elle.

— Bof…

— Sans plus.

— Je préfère les nôtres !

— Je m'attendais à mieux. »

Sofia écarquille les yeux.

« Non, mais vous me faites marcher, là ?… C'est pas possible, vous avez les papilles en plastique ou quoi ? Le café a fini par vous brûler la langue ?! »

Je fais un clin d'œil aux mecs pour que l'on arrête de la torturer.

« C'est délicieux, *nenné* ! assure Franco.

— Tu avais raison, ce sont les meilleures que j'aie jamais mangées. Et tu sais bien que j'en ai un bon nombre à mon actif, lui dis-je en lui caressant sa main. » Puis j'ajoute : « Merci pour le petit déjeuner, ma chérie. J'en sers des dizaines chaque jour, mais personne encore ne m'avait apporté le mien. Tu es la plus gentille personne que je connaisse. »

Elle essaie de retenir ses larmes. En vain. Franco la prend dans ses bras.

« Pleure, *nenné*, pleure ! C'est pas grave… »

Luciano se lève en prétextant une poussière dans l'œil, et Ugo dit qu'il a envie de pleurer lui aussi, surtout parce que j'ai mangé le dernier croissant.

49

Sofia

J'ai fixé mon dernier rendez-vous à Jérôme dans les jardins des Tuileries, pendant que ma joyeuse bande s'offre une visite au Louvre. Il m'a beaucoup déçue hier soir, mais j'ai envie de lui laisser une dernière chance. Il arrive avec un gros bouquet de roses.

Un point pour lui.

« Tu es toute seule, aujourd'hui ? Les infirmiers sont passés mettre au lit le reste de la troupe ?

— Arrête, Jérôme. C'est quoi, ces remarques de connard ?

— Je plaisante !… Tu n'as plus d'humour, ou quoi ? J'avoue que, quand tu m'as dit qu'on dînerait avec tes amis, je ne m'attendais pas à voir débarquer le club du troisième âge.

— Et pourtant, ce sont mes amis. Si tu avais pris la peine d'apprendre à me connaître vraiment, de venir voir le village où j'ai grandi avec ces gens, tu saurais que, chez moi, on ne fait pas de distinction d'âge. Chez moi, tout le monde fréquente tout le monde. Ce sont des personnes avant d'être des vieux. Ils me comprennent bien plus et bien mieux que tu ne pourrais le croire.

Et je te souhaite vraiment de pouvoir t'entourer un jour d'amis aussi honnêtes et sincères. »

Il essaie de m'embrasser, je le repousse.

« Je suis désolé, Sofia. Vraiment. Je ne voulais pas te faire de peine. Je suis heureux de te revoir et j'espère que tu vas continuer à m'envoyer des cartes postales… Et que tu accepteras de me montrer tout ça en vrai le plus tôt possible.

— Nous repartons ce soir. J'ai encore quatre mails à t'écrire, ne me contacte pas avant, d'accord ? »

Il acquiesce. Nous marchons un peu avant de nous dire au revoir, et que je file retrouver toute la bande, direction l'aéroport.

« J'ai juste une carte postale à envoyer avant de partir, nous dit Maria.

— Tu as écrit à qui ? je demande.

— Ça aurait pu être à Gennaro, mais je vais privilégier quelqu'un de cher que j'ai trop mis de côté. Il est temps de me rattraper. »

Le voyage retour est plus calme que l'aller. Luciano, Ugo et Franco dorment. Maria a la tête ailleurs, et les yeux dans les nuages. Je la laisse rêvasser. J'en profite pour écrire mon septième mail.

Cetara

Cetaria, *en latin. Cela signifie « filet de pêche ».*

Et, avec le temps, ce petit village de pêcheurs n'a pas tourné le dos à son histoire.

C'est absolument ce qu'il faut manger ici : du poisson. Des alici, *plus précisément. Frits, frais, sur une pizza – peu importe. Les cartes des restaurants regorgent d'idées pour les déguster.*

Les petits bateaux colorés quittent le port tôt le matin avant de revenir chargés et fatigués par leur journée en pleine mer.

La plage de Cetara est dominée par la Torre Vicereale, construite au XIV*e siècle pour protéger la côte des navires ennemis. Aujourd'hui transformée en musée, elle abrite les œuvres des artistes de la* Costiera.

Malgré le tourisme, cette petite ville a su garder son âme intacte. Le soir, en se promenant dans les ruelles avec un gelato, *on pourra croiser des enfants qui jouent à cache-cache sous les porches, ou des vieilles dames qui campent devant leur porte, comme des gardes devant le palais de Buckingham.*

50

Maria

Voilà une semaine que nous sommes rentrés de Paris. Je suis heureuse de retrouver mon chez-moi, ma famille, mon bar, mes clients.

Je suis allée dîner chez Franco, avec Sofia, Raffaella et Souma, jeudi soir, jour de fermeture du Mamma Maria. Souma a tenu à m'accueillir avec un menu composé de plats de son pays : une soupe à l'agneau, un feuilleté de pommes de terre à la viande hachée, des friands au thon. Tout était délicieux. Je crois que je préfère encore la gastronomie libyenne à la française.

« On a passé la journée derrière les fourneaux, m'a expliqué Franco. Moi, j'apprends sa cuisine, et elle, la mienne. »

Pendant le repas, je me suis rendu compte qu'il était plus facile d'avoir de la colère pour des inconnus derrière un écran de télévision qu'en face et en réalité. Lorsque « ces gens-là », comme je les ai souvent appelés, plongent leurs yeux dans les vôtres, lorsqu'on se retrouve devant une femme qui a préféré risquer mourir en pleine mer plutôt que de laisser ses enfants grandir dans un pays où ils ne seraient pas libres, on se sent tout petit.

Et très con, aussi.

Son petit garçon m'a tout de suite adoptée. Les enfants ne s'encombrent pas des différences. Je suis vieille, blanche et je ne parle pas sa langue ? Et alors ? Ça ne l'a pas empêché de me montrer son joli dessin et ses deux petites voitures rouges. Il faut dire que Franco lui a expliqué que c'est moi qui fais la glace au chocolat... Ça a dû aider. Il m'a ouvert son cœur, un point c'est tout. À quel moment, en grandissant, on ferme le nôtre à double tour ?

Toute la nuit, je les ai imaginés tous les deux sur un bateau de fortune, au milieu de la mer, dans le noir complet. Difficile de continuer à les voir comme je les voyais. Est-ce que j'ai plus de compassion parce que j'ai face à moi une femme enceinte et un enfant ? Serais-je aussi touchée par un homme ? Peut-être pas. Je suis bien consciente que mon chemin personnel dans la soupe des préjugés est encore long, mais j'ai appris récemment qu'il n'était jamais trop tard pour changer et pour apprendre à s'améliorer.

Ma belle-fille m'a avoué en fin de soirée être inquiète pour moi.

« Vous ne m'avez dit aucune méchanceté, ou presque, depuis votre retour de voyage... Quelque chose ne va pas ?

— Au temps pour moi. Je n'avais pas vu ta nouvelle coupe de cheveux... Tu as fait un procès à Paola, j'espère.

— Voilà qui me rassure ! » a-t-elle ajouté avec un sourire.

Ce matin, le facteur m'a apporté deux factures et une carte postale de Paris. Je la reconnais immédiatement. Je la retourne et je lis.

Cara *Maria,*

C'est très étrange de s'écrire à soi-même.

Mais je veux que tu accroches ce souvenir au milieu des autres cartes au bar. Il sera comme un rappel quotidien. Je veux que chaque fois que tu croiseras cette image de la tour Eiffel qui brille dans la nuit, tu te rappelles que tu es capable de surmonter tes peurs. La vie n'est pas finie, à 65 ans. Il te reste tant de choses à découvrir.

Je veux que tu t'offres du temps pour toi, pour voyager. Pour faire ce que tu n'as jamais pris le temps de faire jusqu'à aujourd'hui. Tu n'as besoin de personne, et les autres seront toujours là à ton retour. Tu peux accomplir ce que tu veux, tu es forte.

Arrête de culpabiliser !

Arrête de croire qu'il est trop tard, que la vie t'a tout pris et que ça fait trop mal d'avancer.

Accepte au moins d'essayer.

Arrête de survivre, commence à vivre.

51

Sofia

Nouvelle réunion de l'association pour la fête de l'été. Je n'ai pas encore trouvé de slogan pour le flyer, mais je décide de prendre la parole pour soumettre une idée.

Je déteste parler en public : je bafouille, je rougis, je perds tous mes moyens. Mais là, j'ai appris mon texte par cœur, et Lella m'a donné quelques astuces pour être convaincante et plus sûre de moi. Je sens son regard depuis le fond du bar, ça me donne de la force.

« Les amis, nous n'avons pas encore décidé à quelle association nous allions donner les bénéfices de la fête de cette année. Je vous propose d'apporter notre soutien aux bénévoles qui viennent en aide aux migrants. »

Certains commencent immédiatement à protester.

« LAISSEZ-LA TERMINER ! ordonne Maria.

— Nous avons donné, il y a deux ans, pour la lutte contre le cancer, en souvenir de la femme de *Ciccio u panettier'*, qui venait de nous quitter. L'année dernière, nous avons soutenu les enfants hospitalisés, parce que nos amis Andrea et Sara avaient passé plus de deux mois au chevet de leurs jumelles prématurées, et qu'ils nous avaient raconté à quel point les structures manquaient de moyens. Certains le savent maintenant : cette année, Souma, une jeune femme libyenne enceinte de sept mois, et son petit garçon âgé de 2 ans, Mustafa, ont atterri dans la vie de Franco, et dans la mienne. Ils ne sont peut-être pas nés ici, mais le destin a fait qu'ils ont débarqué chez nous, dans notre petit village, et je crois que ce n'est pas un hasard. Cependant, je pense à ceux qui n'ont pas eu la chance de tomber sur des gens aussi bienveillants que Franco. Je pense à ceux qui arrivent dans un pays étranger, hostile, avec pour seul bagage l'espoir d'une vie meilleure. Nous recherchons tous cela. Combien de nos amis ont quitté le sud de l'Italie pour aller au nord, ou pour s'installer à l'étranger ? Rien qu'à cette table, nous avons des frères, des enfants, des petits-enfants qui sont partis vivre ailleurs. Par nécessité. Que nous racontent-ils, lorsqu'ils rentrent ? Ils nous disent combien c'est dur d'être loin de chez soi, mais qu'ils n'avaient pas le choix. Ceux qui arrivent sur nos côtes au péril de leur vie l'avaient encore moins. Comment réagirions-nous si nos amis nous disaient qu'ils ont été maltraités, rejetés, stigmatisés parce qu'ils étaient des étrangers ? Les bénévoles qui œuvrent pour les migrants ont plus que jamais besoin d'aide. L'État leur coupe les vivres. Ils ne peuvent pas accueillir tout le monde ! Certains migrants se retrouvent à la rue, obligés de mendier, de voler ou de trouver un moyen quelconque de survivre. Parce que c'est bien de cela dont il s'agit : survivre. Apporter plus de moyens à ces associations, c'est aussi une façon d'éviter une hausse de la délinquance dans nos rues. Bien évidemment, notre seule contribution ne résoudra pas tous les problèmes. Mais elle n'a pas non plus, hélas, été miraculeuse pour les autres causes que nous avons soutenues. Notre action symbolique sera peut-être une motivation pour d'autres personnes. Pour d'autres villages. L'image de notre pays est salie à l'international. Nous sommes ceux qui ferment nos ports, nous sommes ceux qui ont mis l'extrême droite au pouvoir. Montrons que les Italiens sont encore ces gens accueillants et bons. Montrons que notre cœur est encore ouvert aux autres. Je me fiche bien de savoir pour qui vous avez voté. Je ne vous parle pas de politique, mais de vies humaines. De gens qu'on laisse crever en pleine mer. Désormais, en regardant les informations, dites-vous que ces personnes pourraient avoir le visage de Souma et de Mustafa… »

J'ai réussi.

Je m'assieds, je reprends mon souffle ; mes jambes tremblent trop et ne me tiennent plus. Maria m'apporte un Amalfitano pour me récompenser. Je le bois cul sec. C'est vrai que c'est une tuerie, ce truc. Je lis sur les lèvres de Lella « *Brava !* ».

Cinq des membres de notre association se lèvent et partent : si l'on décide de donner aux migrants, la fête devra se faire sans eux. Mon cousin les invite à réfléchir.

Franco, lui, ne peut pas s'empêcher de leur balancer en napolitain qu'il leur souhaite de – je cite – « chier du feu ».

52

Maria

Souma et Mustafa sont devenus le sujet de conversation numéro un au bar. J'ai tout entendu. Certains pensent que Souma veut dépouiller le pauvre Franco. D'autres que les vols au village sont dus à des amis à elle, qui doivent rôder dans le coin. D'autres encore disent que, si l'on commence à en accepter deux, ce sera le début de la fin, et qu'on sera bientôt envahis par des hommes barbus et des femmes en burka.

J'ai demandé l'aide de Don Aniello pour sensibiliser plus de monde. Et pour qu'il rappelle à ses fidèles que Dieu ordonne d'aimer les autres, et pas seulement quand ça nous arrange. Il m'invite à intervenir à la messe de dimanche prochain, pour expliquer en quoi mon point de vue a changé. Il pense que si j'explique que je comprends leurs craintes plutôt que de les pointer du doigt, ce sera plus productif.

« Je ne peux pas fermer mon bar dimanche !

— Maria, il y en aura pour une demi-heure à peine… Commence pas avec tes excuses à la con ! Je suis sûre que Luca se fera une joie de venir te remplacer. »

Je proteste un peu. Ils m'énervent tous, à la fin ! Maria ne peut décemment pas résoudre tous les problèmes de la Terre ! Mais j'ai aussi des choses à me faire pardonner et ma conscience à soulager, alors…

« OK ! Bon, en fait, c'est juste que je ne veux pas venir à l'église…

— Ne te formalise pas sur le lieu, Maria. Ne le fais pas pour Dieu, fais-le pour toi. Et pour Souma et Mustafa.

— Je ne serai pas obligée d'assister à toute ta messe chiante ? »

Il lève les yeux au ciel.

« Non. »

Je finis par accepter. Qu'est-ce qu'ils ne me font pas faire…

Mustafa vient souvent au bar avec Franco, maintenant. Sa bouille fait l'unanimité, il est absolument impossible de lui résister. Même ceux qui tiennent des propos horribles se radoucissent en le voyant. Ça me laisse encore un minimum d'espoir pour l'humanité.

Souma n'est venue que deux fois. Elle n'est pas très à l'aise ici, et elle préfère rester à l'intérieur plutôt que s'installer au soleil. Sofia m'a expliqué que leur périple en mer lui a laissé un traumatisme trop grand, auquel elle ne peut pas encore faire face.

J'espère qu'avec le temps elle réussira à faire la paix avec celle qui l'a amenée vers sa nouvelle vie, la Méditerranée.

Je lance ma playlist. Adriano et Claudia Mori chantent « *Siamo la coppia più bella del mondo* », et leurs voix retentissent dans la salle et jusqu'en terrasse. Combien de fois nous avons dansé sur cette chanson, Gennaro et moi ?

La dernière fois, c'était pour nos quarante ans de mariage. J'ai toujours dû lui forcer la main pour qu'il m'accorde une danse ! Mon mari n'aime pas attirer l'attention, c'est un grand timide… Mais le plus souvent, je parvenais à mes fins. Après quelques pas maladroits, il finissait par sourire et prendre du plaisir à danser.

« Nous sommes le plus beau couple du monde, dit la chanson. Et on est désolés pour les autres, qui sont tristes, si tristes, et qui ne savent pas ce qu'est réellement l'amour… »

53

Sofia

J'accompagne Souma chez le docteur Alberto. Les analyses de sang ont révélé une petite anémie, et nous venons consulter pour qu'il lui prescrive du fer.

Dans la salle d'attente bondée, il y a une voisine de Franco. Elle vient me poser des questions indiscrètes au sujet de Souma, en faisant comme si elle n'était pas là… Je lui fais remarquer que ce n'est pas très poli, et qu'elle peut s'adresser directement à elle si elle a des choses à lui demander.

« J'ai quand même le droit de savoir qui vit à côté de chez moi ! Je ne la connais pas, moi…

— Eh bien, peut-être devriez-vous tenter une approche plus courtoise et sympathique, madame Greco ? Et puis, elle ne vous doit aucune réponse. Vous n'êtes pas de la police ! »

Mme Greco retourne bouder à sa place. C'est alors qu'Antonietta, une amie de *zia* qui a assisté à la scène, vient se présenter à Souma.

« Bonjour ! Je voulais te souhaiter la bienvenue dans notre village. Je t'assure qu'il n'est pas peuplé que de vieilles personnes aigries comme celle que tu viens de rencontrer… »

La moitié de la salle d'attente ricane, moi y compris. Souma sourit et la remercie.

C'est à notre tour.

Le docteur ausculte Souma, ravi de la revoir, plutôt en bonne forme. Il dit qu'à part l'anémie et une tension un peu basse tout va bien. Il demande quelques nouvelles de Mustafa. Puis, nous repartons, mais le passage par la pharmacie n'est pas de tout repos non plus. Le pharmacien ne prend même pas la peine de saluer Souma. Il m'indique la dose de fer à prendre comme si le médicament m'était destiné.

« Ce n'est pas pour moi, je précise.

— Oui, ben ça, je m'en fous, Sofia. Tu traduiras en arabe à ta nouvelle copine ! »

À quel moment exactement sont-ils devenus aussi cons ?…

Une immense colère s'empare de moi. Je la sens monter du plus profond de mon estomac et jaillir de ma gorge comme de la lave.

« MAIS ALLEZ BIEN VOUS FAIRE FOUTRE, TOI ET TA PHARMACIE DE MERDE !!! »

Je ne reconnais même pas ma voix, mais je continue.

« Je préfère faire cinq kilomètres et aller acheter mes médicaments ailleurs plutôt que de remettre un pied ici. Tu n'auras plus jamais un centime de ma part, espèce de sale con ! »

Souma est pétrifiée. Je la tire par le bras pour l'entraîner à l'extérieur. Tous les clients me regardent comme si j'étais folle. Je regrette de ne pas lui avoir souhaité de « chier du feu ». Franco aurait été fier de moi.

Mais, en sortant, je remarque que deux personnes qui faisaient la queue ont aussi décidé de partir.

Tout n'est pas perdu.

Je raccompagne Souma et m'assure qu'elle n'est pas trop choquée par ce qui vient de se passer.

« J'ai vu pire que ça, ne t'inquiète pas.

— Je suis désolée…

— Sofia, arrête de t'excuser pour les autres. »

Nous passons devant le salon de Paola, et Souma me glisse alors :

« Lella m'a dit que toutes ses collègues avaient adoré ses nouveaux sourcils. Elles veulent toutes être épilées par moi ! Tu crois que je pourrais en faire mon travail ? Je veux gagner ma vie, je ne veux pas profiter de Franco.

— Mais oui ! C'est une idée formidable ! Je suis sûre que les gens feront des kilomètres pour venir se faire épiler par toi ! »

Je retrouve le sourire. Ça ne dure pourtant qu'un instant, un appel d'Antonio me remet vite les pieds sur terre.

« Allo, Sofi ? Qu'est-ce que t'as foutu chez le pharmacien ?… On vient de perdre le plus gros sponsor pour la fête, il refuse de participer… »

Ils m'emmerdent tous.

Zia m'attend pour le déjeuner.

Je lui raconte ma matinée ; elle n'est pas plus étonnée que ça.

« La différence fait peur, ma chérie.

— Mais elle est différente en quoi ? Elle a deux jambes, deux bras comme nous tous. Qu'est-ce qu'ils lui reprochent ?

— Je ne sais pas. Je ne les excuse pas, j'essaie de comprendre leur comportement. C'est aussi une façon de se protéger…

— C'est pour ça que tu ne veux pas rencontrer quelqu'un d'autre, *zia*? Tu as peur de souffrir encore une fois en essayant d'apprendre à connaître quelqu'un d'autre ?

— Ah… J'ai cru que c'était ça, au début. Et je ne te l'ai pas dit, mais j'ai essayé à deux reprises de sortir avec d'autres hommes, après le départ de ton oncle. Et puis j'ai compris que je n'en avais tout simplement pas besoin. Ma chérie, j'ai passé ma vie à servir des mecs. Mon père, le tien, celui de mon fils… Et je continue aujourd'hui à être aux petits soins pour ton cousin. Je sais que j'ai tort, qu'il pourrait se débrouiller tout seul, maintenant. Ou au moins participer un minimum. Mais je n'ai pas encore le courage de l'envoyer bouler. En revanche, j'ai pris conscience qu'il serait le dernier pour qui je le ferai. Je veux être libre, Sofia. Je veux vivre pour moi, je veux sortir avec mes copines. Je ne veux rendre de comptes à personne, je veux aller me coucher à 19 heures le soir si l'envie m'en prend, manger des chips à midi si je n'ai pas le courage de cuisiner – bon, sauf quand toi tu viens déjeuner ; mange tes légumes, ça va refroidir –, je veux partir en voyage organisé et n'avoir que ma valise à faire. Et aussi, je veux travailler, Sofi. Je veux avoir des collègues, rencontrer d'autres gens, je veux avoir un but le matin en me levant. Je ne veux pas le faire pour l'argent – la pension que ton oncle est obligé de me verser me permet de vivre correctement. Je veux le faire *pour moi*. Tu comprends ? Je n'ai pas besoin d'un autre homme. En tout cas, je n'en ressens pas du tout la nécessité. Mais j'ai besoin d'avoir une vie. »

54

Maria

J'ai tenu ma promesse, je suis allée témoigner à l'église ce matin.

Don Aniello a lu tout un tas de passages de la Bible qui rappellent l'importance de venir en aide aux plus démunis, d'accueillir les autres comme des frères, et bla-bla-bla. C'était à mourir d'ennui.

Moi, j'ai commencé mon petit discours ainsi :

« J'ai dû me rendre à l'évidence : j'étais une personne raciste. Et sans doute en suis-je encore un peu une. »

Puis j'ai poursuivi.

« Oui, ça fait mal au cul de l'admettre ! Pardon, Don Aniello, ça fait mal aux fesses dans ton église, hein… Je n'étais pas de ceux qui revendiquent ce défaut – donc c'est que j'étais bien consciente que ça en était un, et que ma cause n'était pas totalement perdue. C'est sûrement pour cela que mes amis ont réussi à me faire ouvrir les yeux. Donc, je veux dire à ceux qui ressentent de l'animosité, de la peur, de la haine envers les étrangers (ne nous mentons pas : surtout ceux qui ont la peau plus foncée et une autre religion que la nôtre – les Finlandais, par exemple, on les tolère plutôt bien), que je les comprends. Chers amis racistes, j'ai été aussi conne que vous. Pardon, "bête". J'ai été aussi *bête* que vous. Car oui, c'est bien la bêtise, l'ignorance et les images diffusées chaque jour en boucle à la télé qui font de nous des personnes aigries et fermées. Mais, concrètement, qu'avons-nous à reprocher à ces gens ? La même chose qu'à nos enfants et petits-enfants ? Aller chercher sa fortune ailleurs ? Laissons une chance à nos nouveaux venus. Faisons comme Ciccio avec Moussa, qui le lui rend plutôt bien – on est d'accord ? Les *pizzette* sont bien meilleures depuis qu'il est là, il faut dire ce qui est. Aujourd'hui, il s'agit d'une femme enceinte et d'un enfant de 2 ans. Pensez-vous qu'ils peuvent nous causer du tort, vraiment ? Pensez-vous qu'en les rejetant votre vie sera plus belle ? La réponse est non. Ne dit-on pas "Faites du bien, Dieu vous le rendra" ? Eh bien, voilà. Soyez gentils, et venez ensuite demander votre dû ici, à Don Aniello. *Amen.* »

Mon intervention a un tantinet dissipé l'assemblée. Le prêtre a eu du mal à rétablir le calme et à reprendre le cours de sa messe. J'ai cru à un moment qu'il allait gueuler « Fermez vos gueules ! » au micro… Mais il s'est contenté d'un « S'il vous plaît, mes chers frères et sœurs, je vous demande un peu de silence… » Moins efficace, mais plus approprié.

Après l'office, nombreux sont ceux qui sont passés au bar pour continuer le débat. Luca, qui était venu me remplacer, m'a été d'une aide précieuse et a apporté son témoignage en parlant de ce qu'il avait appris de ses nombreux voyages à l'étranger. Avec sa jolie gueule et ses belles paroles, il a rallié énormément de personnes à notre cause. Antonio va être ravi d'apprendre que nous avons de nouveaux bénévoles pour la fête, ainsi que trois sponsors supplémentaires. Aussi, beaucoup de femmes ont proposé d'apporter des affaires pour Mustafa et pour le bébé à naître.

Sofia va être fière de nous.

55

Sofia

Depuis l'intervention de Maria à l'église, un élan de générosité a vu le jour au village. Notre association a accepté de désigner le centre de migrants le plus proche de chez nous comme bénéficiaire de notre fête de l'été. Nous allons rencontrer ses représentants, avec mon cousin, pour leur parler de notre projet.

lls nous accueillent avec enthousiasme et nous remercient mille fois pour notre aide. Ils nous font visiter le centre, nous expliquent qu'ils font de leur mieux, mais que c'est de plus en plus difficile de gérer les arrivées. Ils manquent cruellement de place, de moyens, de bénévoles.

L'endroit est assez sinistre, en mauvais état; il a récemment été vandalisé par des manifestants anti-migrants. Dans les couloirs, on croise des regards perdus et beaucoup de désillusion. Les enfants jouent à la balle et à essayer d'être insouciants dans une petite cour à l'arrière de l'établissement. Une bénévole aide une femme à écrire un courrier. Une autre trie des sacs de vêtements.

« J'espère qu'on pourra leur donner un vrai coup de main, me dit Antonio. Il faudrait essayer d'avoir la presse. Je vais voir ce que je peux faire. »

En repartant, je me sens abattue. Il y aurait tant à faire. Que se disent tous ces gens en arrivant ici ? À quelle sorte de vie doit-on échapper pour avoir envie d'atterrir dans la tristesse d'un tel endroit ?

De retour chez moi, je suis contente de trouver Luca.

« Papa m'a appelé ; ils sont à Bari, ils t'embrassent.

— Arrête de mentir, je sais bien qu'ils ne t'ont même pas demandé de mes nouvelles.

— En même temps, tu as vraiment besoin de leurs embrassades ?

— Non, j'ai appris à faire sans. Mais avant, j'avais *nonna* qui compensait ; et après, j'ai eu Jérôme. Là, bon… Je ne serais pas contre un peu d'affection.

— Tu veux un câlin, petite sœur ? »

Il ouvre ses bras, je me blottis contre lui.

« Ça va mieux ?

— Oui, merci.

— Super. Maintenant, va te laver. Parce que tu pues !

— Mais tu es le pire des enfoirés ! Je ne pue pas, d'abord ! »

Je proteste tout en reniflant mes aisselles.

« Tu vois ? SENS ! »

Il est mort de rire. Luca adore me faire tourner en bourrique.

« Bon, écoute… J'ai un petit projet et j'aimerais ton avis, me dit-il plus sérieusement.

— Je t'écoute, tête de rat. »

Il m'annonce que le local du magasin de Lucia est à vendre. Qu'il voudrait l'acheter et l'agrandir, pour ouvrir un restaurant qui serait aussi un lieu d'entraide. Sur le principe du café suspendu, un concept né à Naples qui consiste à payer un café d'avance au bar pour les personnes dans le besoin. Il aimerait, dans son futur restau, laisser des repas *in sospeso* pour les plus démunis – des jeunes en situation précaire, des personnes âgées ayant du mal à boucler leurs fins de mois, des SDF, des mères célibataires ou des migrants, peu importe. Il souhaiterait proposer des plats simples et équilibrés, travailler avec des producteurs locaux uniquement, pour favoriser un circuit court afin de pratiquer des prix corrects, qui inciteraient les clients à payer un repas en plus, ou au moins à participer. Luca a pensé à tout. Les menus suspendus seraient à dix euros, avec une entrée, un plat et une boisson. Une cagnotte avec compteur serait mise en place, pour que chacun contribue librement. Depuis l'extérieur, on pourrait visualiser le nombre de repas disponibles en temps réel…

« Tu en dis quoi, la moche ?

— Je pense que t'es un mec bien, Luca Plaitano. Tu es la preuve vivante que l'égoïsme de nos parents n'est pas héréditaire. »

Tout excité par ce nouveau projet, il m'embrasse, me pique les clés de mon scooter et file je ne sais où commencer à mettre tout cela en œuvre.

Moi, j'allume mon ordinateur, ouvre le fichier du manuscrit que je suis en train de traduire, puis me ravise et commence plutôt à écrire une nouvelle carte postale.

Atrani

C'est l'une des plus petites villes italiennes, et elle vit sous les ponts. Ce sont en effet ses arches caractéristiques qui rendent son architecture si particulière.

Située dans un renfoncement de la côte amalfitaine, Atrani est à l'abri du bruit, du trafic et de ses bruyants voisins.

Chaque soir est un spectacle ; on dirait que le soleil ne se couche que pour elle. Les couleurs qu'il lui offre sont dignes d'un tableau de maître.

Sa spécialité, c'est le sarchiapone, *un plat à base de courgettes farcies de viande, d'œufs durs, de mozzarella, de parmigiano, de sauce tomate et d'huile d'olive. Les locaux diront que c'est léger : la preuve, il y a le vert de la courgette ! Mais la vérité, c'est que c'est aussi bon que lourd, surtout qu'on ne peut s'empêcher de finir avec la* scarpetta, *et donc de saucer pour qu'il n'en reste plus une seule goutte.*

Le cœur d'Atrani, c'est la place, au pied de la merveilleuse église de San Salvatore, ouverte sur la mer comme un amphithéâtre sur la scène. Elle accueille jeunes et moins jeunes, par toutes les saisons.

Son centre historique emporte les touristes dans une autre époque. Ses ruelles étroites et sa vue depuis les falaises, dans lesquelles elle s'est nichée, font d'elle une bulle de calme et de beauté absolus.

Je me rends compte à quel point j'aime décrire ma région. Si, au départ, c'était pour attirer Jérôme ici, c'est petit à petit devenu un moment de plaisir. Finalement, je crois bien que j'écris plus pour moi que pour lui.

56

Maria

« Maria, tu as changé quelque chose, non ? me demande Paola en appliquant la couleur sur mes racines.

— Ah, tu as remarqué, toi aussi ? C'est Souma : elle m'a épilé les sourcils. En voyant ceux de Sofia et de Raffaella, j'ai eu envie de tester. Elle a quand même réussi à rendre ma bru moins laide : c'est un exploit qu'il faut encourager !

— Maria, arrête ça… Lella est sublime !

— Pauvre enfant, l'amitié t'aveugle.

— Mais tu ne cesses de vanter la beauté de Giovanni… Je te signale que c'est son portrait craché ! Tu es d'une mauvaise foi incroyable. Bon, j'ai bien envie de passer entre les doigts de fée de Souma, moi aussi. Je vais lui demander si elle est d'accord ? Et puis je suis certaine que ça pourrait intéresser bon nombre de mes clientes. »

Pino me remplace au bar. Je profite du reste de mon après-midi de repos pour rentrer chez moi et m'informer sur mon premier voyage en solo.

L'autre jour, j'ai demandé à Moussa si sa proposition de me faire goûter un tajine tenait toujours ; il était tellement heureux qu'il m'en a préparé un énorme pour le lendemain. Comment ai-je pu vivre sans connaître ce bonheur avant ? Grâce à lui, j'ai choisi ma première destination.

« Le Maroc, Gennaro. Je veux visiter le Maroc ! »

Je prends donc des notes en faisant des recherches sur mon téléphone. Ou tout du moins : j'essaie… (Je suis vraiment nulle. Il faudrait que je demande à Giovanni de me donner un coup de main.)

Ce sera pour septembre. Après la grosse saison, quand tout le monde aura repris l'école et le travail, quand tous les touristes seront rentrés chez eux, moi, Maria, 65 ans, je partirai à l'aventure !

Chaque année.

Je m'en suis fait la promesse.

« Gennà, je veux découvrir toutes ces nouvelles gastronomies. C'est bien beau, de manger des pâtes et des pizzas, mais il y a tellement d'autres saveurs à tester ! Et puis des gens qui cuisinent aussi bien ne peuvent qu'être de belles personnes, non ? »

On sonne à la porte. C'est Raffaella.

« Tu as décidé de venir me gâcher mon après-midi de repos, c'est ça ? Eh bien, voilà, c'est réussi, tu peux rentrer chez toi !

— Maria… Je suis enceinte. »

Il me faut quelques secondes pour comprendre ce qu'elle vient de me dire.

Puis quelques secondes encore pour réaliser ce que mon corps est en train de faire.

Je serre actuellement ma belle-fille dans mes bras.

Fort.

(Un peu trop fort.)

« Maria, vous me faites mal ! Et peur…

— Oh, pardon. »

Je la lâche et fais quelques pas en arrière. Je m'aperçois que nous sommes toujours debout devant ma porte. Je la prends par la main et l'emmène s'asseoir dans ma cuisine.

« C'est une belle nouvelle, non ?

— C'est une très belle nouvelle, la meilleure nouvelle de l'année ! Ne crois pas que je vais être plus gentille avec toi pour autant… Ou alors, OK : peut-être juste un peu. Mais pourquoi tu fais cette tête d'enterrement ?

— Maria, j'ai peur de le dire à Pino…

— PEUR ? Mon fils te fait peur ? Pourquoi mon fils te fait peur ? Il t'a déjà fait du mal ? JE VAIS LUI CASSER LA GUEULE, moi, s'il a touché un seul cheveu de la mère de mes petits-enfants !

— Non, non, calmez-vous, bon sang ! Ce n'est pas *lui* qui me fait peur, mais la réaction qu'il pourrait avoir. Ce n'était pas prévu, Maria. Et Giovanni est grand… Je, je ne sais pas si nous avons envie de tout reprendre de zéro, avec un autre bébé… Avec le cabinet et la caserne. C'est compliqué ! Et on aime notre vie d'aujourd'hui, on se sent bien. Je ne sais pas trop quoi penser, je me sens un peu perdue… La preuve : c'est chez vous que j'ai eu le réflexe de venir pleurer sur mon sort !

— C'est vrai que c'est étrange… »

Je lui sers un verre d'eau.

« Écoute, c'est une décision que vous devez prendre à deux. Mais je connais mon fils : je suis certaine qu'il sera heureux de cette grossesse. Le tout est de savoir si tu l'es toi aussi… C'est peut-être ta réaction plus que la sienne qui t'inquiète.

— Peut-être… Vous avez raison. Je ne pensais pas dire ça un jour, mais… Merci, Maria.

— De rien. C'est une aide totalement désintéressée. Mais du coup, si c'est une fille, tu l'appelleras comme moi ?…

— Ne rêvez pas ! »

Raffaella est partie annoncer la nouvelle à mon Pino. Je suis excitée comme jamais. Un autre petit-enfant.

« UN AUTRE PETIT-ENFANT ! TU M'ENTENDS, GENNARO ? ON VA AVOIR UN AUTRE PETIT-ENFANT !!! »

Bah, voilà que je pleure. Mais que m'arrive-t-il, dernièrement ?

Je crois que je m'interdisais de vivre depuis treize mois et dix-sept jours.

Je repose le cadre avec le portrait de mon mari sur la table.

« Depuis ce matin où tu es parti dans ta montagne, Gennaro, et que tu n'es jamais redescendu. Depuis ce jour où tu m'as dit "À ce soir", et que le soir n'est jamais plus venu. »

57

Sofia

Un texto d'Antonio sur le groupe de surveillance du village me sort de la traduction de mon manuscrit.

« On a les voleurs ! »

Ce sont les trois ados qui embêtaient Cristina. Ils volaient pour se faire un peu de fric et acheter leur shit. Ils sont à la caserne des *carabinieri*, sans doute en train de passer un mauvais quart d'heure. L'un d'eux est le fils du pharmacien. J'avoue que cela me procure un certain plaisir… Ceux qui ne vont pas pouvoir mettre ça sur le compte des « étrangers à cause desquels on n'est plus en sécurité chez nous » seront déçus.

Je rejoins tout le monde au bar pour l'apéritif. Même Souma a accepté de venir avec moi. Maria est de très bonne humeur ; elle sert des Amalfitani à tour de bras en se déhanchant sur « *Il tuo bacio è come un rock* ».

« Qu'est-ce qu'elle a ? je demande à Lella.

— Elle va être de nouveau grand-mère.

— ET TU M'ANNONCES ÇA COMME ÇA ?

— Chut ! Personne n'est encore au courant. À part Pino, Giogio et Maria. C'est même la première à qui je l'ai dit.

— Quoi ???

— Oui, je sais. Les hormones, sûrement. Je me sentais un peu perdue face à cette grossesse inattendue…

— Et maintenant ?

— Maintenant, je crois que c'est la plus belle chose qu'il pouvait nous arriver !

— Lé, je suis si heureuse pour toi ! Mais je veux que tu me promettes de ne jamais faire sentir à ce bébé qu'il n'était pas désiré. Je t'en supplie. J'ai tellement souffert d'être celle en trop dans le tableau parfait qu'était ma famille. C'est difficile à porter, et ça a sûrement dû jouer sur mon insécurité. Sur ma recherche permanente de l'approbation d'autrui. J'ai tellement voulu plaire et ne pas déranger toute ma vie, que j'en ai oublié ce que je souhaitais vraiment, moi…

— Et aujourd'hui tu t'en es souvenue ?

— La mémoire commence à me revenir. »

Nous trinquons à cette belle nouvelle. Je glisse un « Félicitations, *nonna* » à la future grand-mère, qui sourit de plus belle. Ça fait du bien de la voir aussi heureuse.

Mustafa remue du popotin. Lui aussi a l'air de beaucoup apprécier Celentano. Franco lui rapporte une glace énorme sous le regard résigné de Souma.

« S'il pouvait, il le gaverait.

— Ah ! Il a attrapé le syndrome des grands-parents, notre Franco ! Nourrir Mustafa du matin au soir est devenu sa mission dans la vie, il va falloir t'y faire, je crois.

— Oui. Le problème, c'est qu'il fait ça aussi avec moi. Il veut nourrir ce bébé avant même qu'il soit né ! Je vais vraiment finir par rouler… »

Luca est là aussi. Il me dit que son projet est en bonne voie. Le mari de Lucia est heureux de lui vendre le local.

« Je crois bien que je vais être obligé de me poser quelque temps…

— Quelle horreur ! Je vais devoir te supporter, alors ? »

J'aperçois ma tante se garer devant le bar. Elle sourit en voyant l'ambiance joyeuse qui anime le Mamma Maria ce soir.

« Mari', un cocktail pour moi aussi ! J'ai une belle nouvelle : vous avez devant vous la nouvelle bénévole du centre d'accueil de migrants !

— ELLES SONT TRÈS BELLES, TES NOUVELLES DENTS ! » hurle Ugo juste à côté d'elle.

Ça rit, ça trinque, ça chante. Et on remplit allègrement le panier fourrière de Maria.

Je rentre bras dessus, bras dessous avec ma *zia*. Je lui demande comment elle fait pour supporter le manque de sa mère, parce que j'ai l'impression que le temps ne guérit rien, et que, au contraire, il efface, il emporte et il enterre à jamais. Je lui confie que j'ai peur de ne plus me souvenir du son de sa voix, de son sourire, de la douceur de la paume de sa main sur ma joue. Je lui dis qu'utiliser la même lessive qu'elle ne suffit pas, que je ne retrouve plus son odeur, et que ça m'effraie.

« Tu dois arrêter de vivre dans le passé, Sofia. Ta *nonna* n'est plus là. Mais elle est à jamais en toi. Refuser de donner ses vêtements, de changer les vieux meubles, ne la fera pas revenir. Tu ne la trahis pas en t'appropriant sa maison. Elle aurait adoré qu'elle devienne la tienne. Elle te sermonnerait si tu t'entêtais à vivre dans ces vieilleries. Les personnes que l'on a aimées ne continuent pas à vivre dans les objets ou dans les odeurs. Laisse-la partir, lâche-lui la main et prends ton envol. Elle veillera à jamais sur toi. »

58

Maria

C'est la première fois que je viens sur la tombe de mon mari. C'est une tombe vide, puisque nous n'avons jamais retrouvé son corps. Pino voulait un lieu pour venir se recueillir. La photo de son père est sur ce marbre, dans ce cimetière, mais Gennaro n'y est pas. Je crois qu'il est heureux de reposer éternellement dans sa montagne qu'il aimait tant.

Il vantait toujours le calme, la fraîcheur des noisetiers, la vue imprenable sur la mer. Il rentrait toujours à l'heure. Alors, ce jour-là, lorsque je ne l'ai pas vu revenir, j'ai tout de suite su que quelque chose était arrivé. J'ai appelé mon fils. Avec ses collègues, ils ont démarré les recherches dans l'heure.

Sa voiture était au même endroit que d'habitude, mais Gennaro n'était nulle part. Tout le village a participé à sa quête. Tout le monde sans exception.

Sauf moi.

Moi, je l'attendais à la maison, car j'étais comme pétrifiée.

Les jours ont passé. L'espoir a cessé de tous les animer. On a commencé à parler d'une chute dans une crevasse. Ou dans un endroit difficile d'accès. On m'a dit que mon mari était mort. Que l'homme de ma vie ne reviendrait plus. Qu'il était impossible qu'on le retrouve vivant après tant de jours sans nouvelles. J'écoutais sans entendre ce qu'on m'annonçait. Pour moi, tous ces gens étaient devenus fous. Gennaro ne m'aurait jamais abandonnée.

L'église était trop petite pour accueillir tous ceux qui sont venus aux funérailles. Je n'y ai pas assisté. On m'a rapporté que Don Aniello avait beaucoup pleuré. Que Pino avait rendu un très bel hommage à son papa. Et que Giogio a évoqué les plus beaux souvenirs qu'il avait avec son *nonno*.

Moi, j'ai longtemps continué à cuisiner pour deux. À parler pour deux… Tout comme avant. J'ai repassé cent fois ses pantalons, acheté tous les quinze jours son savon préféré. Le cadre avec son portrait posé face à moi quand j'étais à table. Bref, je faisais comme s'il ne m'avait jamais quittée.

Les nuits étaient insupportables, froides et longues, même en plein été. Je n'avais jamais connu le lit conjugal sans lui, sans sa chaleur, sans ses bras me tenant contre lui.

Je n'ai supporté aucunes condoléances, accepté aucune pitié.

Je n'ai pas porté le deuil. Et c'est mon cœur qui a fini par noircir.

C'est encore difficile, mais il est temps de le laisser en paix. Il est temps de lui accorder un repos bien mérité.

Je dépose un baiser sur sa photo et je me dirige vers la porte du cimetière.

« Bonne nuit, mon Gennaro. »

59

Sofia

C'est la dernière réunion avant la fête de l'été ; aujourd'hui, les femmes décident des menus. *Parmigiana* d'aubergines, *salsiccia* grillée, *Caciocavallo impiccato* (un fromage « pendu » au-dessus du feu, que l'on fait couler sur une tranche de pain à l'huile d'olive), *pennette* fleurs de courgette et noisettes, beignets de fleurs de courgette, frites, fruits coupés, *percoca* dans le vin, gâteaux traditionnels…

« Pourquoi on ne ferait pas aussi un stand avec des plats des cuisines du monde ? lance Maria.

— Très bonne idée ! Je peux m'en occuper… propose Luca. Je demanderai à Souma de me donner quelques recettes libyennes.

— Parfait ! annonce Antonio. J'attends votre liste de courses. Ciccio nous prête sa camionnette pour aller chercher les boissons, et on stockera tout ça dans l'arrière-salle de l'église. Luca, je compte aussi sur toi pour rameuter du monde *via* les réseaux sociaux. J'ai réussi à avoir la presse régionale. Il faut qu'on soit sur tous les fronts, les amis, et qu'on fasse du bruit !

— Chef, oui, chef ! »

Réponse en chœur de l'assemblée…

Je m'accorde une partie de scopa avec Luciano, Ugo et Franco. Je perds. Comme c'est bon de voir que certaines choses ne changent pas.

Puis je me remets au travail. Il fait déjà très chaud, certains n'ont pas résisté à l'envie d'aller piquer une tête. Cet après-midi, j'irai tremper un orteil, moi aussi. Je suis beaucoup trop frileuse pour me baigner dans une eau à moins de vingt-huit degrés…

Après avoir traduit trois chapitres, je fais une pause et je tape mon avant-dernière carte postale.

Ravello

Elle est suspendue dans le ciel. Elle est comme l'étoile en haut du sapin de Noël. Comme la cerise sur un délicieux gâteau.

Ravello est majestueuse et raffinée. Ravello est un immense jardin.

Ici, on chuchote, pour ne pas déranger les statues. On flâne sous les tonnelles. Il y a même une terrasse avec vue sur l'infini.

Et puis il y a la cathédrale, son entrée en marbre, ses fenêtres vénitiennes.

La ville domine la mer depuis le Monte Torello. Elle ne se mélange pas avec les autres. Et, avec ses villas somptueuses, elle aurait presque l'air snob et guindé.

Pourtant, sa poésie, sa beauté et son élégance ouvrent grands les bras, et Ravello est toujours prête à accueillir tous ceux qui voudraient goûter, même juste pour un instant, à un petit bout de paradis sur les toits de l'Italie.

« Sofia, au fait, tu l'as ce slogan ? J'ai les flyers à imprimer, moi ! »

Je jette un œil à mon téléphone : une nouvelle notification à propos d'une énième sortie de notre ministre de l'Intérieur, avec son slogan de haine.

Soudain, j'ai mon idée.

« Rentrez chez *n*ous ! »

Parfois, une seule lettre peut tout changer…

60

Maria

Les touristes ont commencé à arriver. Il y a les habitués, ceux qui, tombés sous le charme de notre village depuis des années, ne peuvent plus s'empêcher de revenir chaque été, et puis il y a les nouvelles têtes, les premières fois. Et ceux que l'on ne reverra plus jamais. C'est aussi le moment du retour à la maison pour ceux qui sont partis vivre plus dans le Nord. Ça sonne les retrouvailles. Mon bar est plein du matin au soir, pas le temps de chômer.

Les travaux du futur restaurant de Luca avancent bien. Je surveille depuis mon comptoir, et mes retraités sont ravis d'avoir un chantier à commenter depuis ma terrasse. Et le ventre de ma belle-fille s'arrondit. Giogio est si heureux de devenir grand frère qu'il me fait presque culpabiliser d'être désagréable avec sa mère.

Mais c'est quand même le calme avant la tempête. Demain soir, c'est le top départ pour les trois jours de fête. J'ai commandé un stock de limoncello d'anthologie. Avec Sofia, on tiendra le stand à cocktails de la fête.

Souma aussi aura sa place, à la fête du village. Malgré son gros ventre et son accouchement imminent, elle a proposé d'apporter son fil pour faire découvrir sa technique d'épilation à toutes les femmes qui voudraient essayer.

Les enfants du village sont en charge du nettoyage des tables. Ciccio et Moussa s'occuperont du *Caciocavallo impiccato*. Avec Luca, ce sont les seuls hommes que les femmes tolèrent en cuisine. Tous les autres sont au service, à la caisse, à la présentation des artistes.

À propos d'artistes, cette année encore, Adriano Celentano n'a pas répondu à mes lettres d'invitation. Alors c'est un chanteur à la noix qui viendra interpréter les chansons du grand Pino Daniele. Il y aura aussi une grande tombola, avec plusieurs prix à remporter : de l'huile d'olive, un panier de charcuterie, un bon pour une coupe couleur chez Paola, du vin, un assortiment de noisettes et de citrons… Et, pour le premier prix, l'association a cassé sa tirelire en mettant en jeu un iPhone X, iPhone que mon Giogio rêve de remporter, alors il prie. Il a déjà préacheté cinquante billets de loterie après m'avoir soutiré à coups de grands yeux tristes et de « s'il te plaîîît, *nonnaaaa* » la coquette somme de cinquante euros.

La plage est bondée, je sers des Amalfitani toute la journée. On m'a rapporté que tous les bars de la côte m'avaient piqué la recette. Copiée, mais jamais égalée ! Tel est mon credo. Moi, je sais que je suis celle qui l'a inventée.

D'ailleurs, on m'a même fabriqué une pancarte que j'ai fièrement affichée sur la devanture du bar : « Ici est né le cocktail Amalfitano. »

61

Sofia

Je suis littéralement épuisée. Ces trois soirs ont été un véritable succès. Et resteront inoubliables. D'autant que mon cher Benoît avait fait le déplacement, lui aussi.

Il comptait avant tout assister à la fête – il faut dire que je lui ai survendu l'ambiance et les cocktails –, mais il a dû vite relever ses manches pour nous filer un coup de main !

Maria lui a mis un tablier, en lui hurlant des ordres en napolitain.

« Mon Dieu, mais qu'est-ce qu'elle raconte ? Je ne pige rien du tout ! Et pourtant, je t'assure que j'ai essayé de prendre des cours d'italien… Et pourquoi elle fait tous ces gestes ?! Je t'avoue, elle fait peur.

— C'est sa façon à elle de te dire que tu es bienvenu dans la famille ! Occupe-toi du basilic, on va faire ça à la chaîne. »

Les gens étaient venus en nombre, et tous étaient affamés et assoiffés. Une demi-heure d'attente pour boire notre cocktail… Depuis, je ne peux plus voir le limoncello en peinture.

À côté de nous, le stand de Souma n'attirait pas grand monde au début, alors Lella a déployé ses talents d'avocate pour faire de la pub pour l'épilation au fil. Elle a réussi à convaincre quelques jeunes filles d'abord, puis d'autres femmes, attirées par la technique, sont venues observer et ont fini par sauter le pas.

Nous avons encaissé une somme record et pu reverser plus de deux mille euros au centre d'accueil pour les migrants. Il y avait tellement de monde qu'il était impossible de rejoindre le village en voiture. L'appel de Luca sur les réseaux sociaux a fonctionné, ses *followers* ont répondu présents. Et, avec l'aide de la presse, on a parlé de notre fête partout, même au journal national. « Ce petit village qui vient en aide aux migrants », titrait le quotidien de ce matin. Les vidéos ont fait le tour du web. Notre action a été saluée par tous – et critiquée par notre ministre de l'Intérieur sur Twitter. Ce qui est le signe d'une réussite totale !

Souma a rempli son carnet de rendez-vous sur plusieurs mois. Après son accouchement, elle pourra travailler. Paola lui a même proposé de s'installer dans son salon.

Nous continuons cependant à faire face à des remarques racistes. La maison de Franco a même été taguée l'autre nuit. Mais, pour un tag, il y a eu dix personnes qui se sont proposées pour nettoyer la façade dès le lendemain. La haine restera minoritaire. On sera toujours plus nombreux, toujours plus forts.

Pour le dernier jour de son séjour, je décide d'emmener Benoît dans une petite crique secrète, proche de mon village. J'ai demandé de l'aide à ma tante, pour qu'elle nous prépare un panier pique-nique uniquement italien – et c'est sûr, mon ami s'en souviendra longtemps ! Comme à son habitude, ma *zia* a vu un peu large, et il y avait de quoi nourrir une quinzaine de personnes au bas mot. Nous savourons des beignets de fleurs de courgette à l'ombre de notre parasol et nous trinquons à ces derniers instants ensemble.

« Je n'ai jamais autant mangé de ma vie, me dit-il, au bout du rouleau. Mais tu avais raison, c'est le plus bel endroit de la Terre. Je comprends mieux ton besoin de revenir aux sources. »

L'heure de nous quitter arrive beaucoup trop vite, Luca et moi le raccompagnons à l'aéroport.

« À bientôt. T'es vraiment un petit cœur, et tu me manques beaucoup. Au fait, j'allais oublier… Je t'ai apporté un roman qu'on vient de publier et qui devrait te plaire. Il parle d'une jeune femme originaire de ta région.

— Oh, génial. C'est quoi, le titre ?

— *Ciao Bella…* »

Cela me fait sourire. Je lui glisse un merci et un « *Ciao bello* ». Et je rentre chez moi.

Mon téléphone sonne. C'est Giogio.

« Sofia, vite ! Souma va accoucher ! »

Je cours chez Franco le plus rapidement possible, aussi vite qu'une championne d'athlétisme. Pino et son collègue sont déjà sur place. Les contractions sont très rapprochées, elle souffre beaucoup. Franco a emmené Mustafa au bar, pour qu'il ne soit pas effrayé par les gémissements de sa maman. J'attrape la valise que l'on avait préparée et je monte dans le camion des pompiers avec Souma.

Elle me broie la main, je pense qu'elle m'a pété un doigt. Je lui souris de façon très crispée. Si Mustafa avait réussi à me faire douter – je ne suis pas ce que l'on appelle *habitée* par le désir d'enfant… –, sa mère vient de me remettre les ovaires à l'heure. Une femme en pleines contractions ne vous donne pas envie de tomber enceinte dans la minute !

À l'hôpital, on installe Souma dans une chambre et on lui propose immédiatement une péridurale, qu'elle accepte sans réfléchir une seule seconde. Tu m'étonnes ! La douleur, ça transforme.

Elle, si douce et si discrète d'habitude, là, elle me ferait presque peur. Elle jure même en italien.

Lorsque l'anesthésie finit par faire effet, Souma parvient enfin à se reposer un peu. Lella a réussi à se libérer ; en voyant notre amie souffrir, elle m'avoue qu'elle n'a pas hâte d'y être à nouveau.

Pendant ce temps, chez Franco, tout est prêt pour l'arrivée du bébé. Souma va recevoir en cadeau tout le nécessaire pour le nouveau-né. Luca et moi avons monté il y a quelques jours son berceau, pendant que Lella installait toutes ses affaires dans l'armoire. La future maman n'a pas voulu de poussette : elle portera son bébé en écharpe, comme elle a fait pour Mustafa.

« C'est plus pratique et ça prend moins de place ! »

Franco ne tient plus ; il a hâte de changer des couches. Depuis qu'il partage sa maison avec sa nouvelle famille, il a rajeuni de vingt ans.

Souma est déjà en salle d'accouchement ; Lella et moi nous accordons un café dégueulasse dans le couloir de l'hôpital.

« Alors, tu en es où dans tes envois de cartes postales ?

— À la fin. Il ne m'en reste qu'une à rédiger.

— Et après ?

— Après, je ne sais pas. Je n'ai pas encore décidé.

— À ton tour de me faire une promesse, Sofia. Quoi que tu choisisses de faire avec Jérôme, ou dans la vie en général, je ne veux plus jamais que tu te mettes et que tu mettes tes désirs de côté. Je veux que tu t'imposes, que tu imposes tes choix, je veux que tu fasses entendre ta voix. Parce que tu as beaucoup de jolies choses à faire et à dire, et qu'il est plus que temps de foncer.

— Promis, Lella. »

Nous trinquons avec nos gobelets en plastique, juste avant qu'un médecin nous interpelle.

« C'est le moment ! »

Souma m'a demandé d'être là pour l'accouchement ; elle ne veut pas être toute seule. J'ai dit oui, mais je n'en mène pas large… Lella va m'attendre à côté, mais elle me supplie de venir lui donner des nouvelles au plus vite. J'enfile une blouse, une charlotte, et je me place aux côtés de mon amie qui, à en juger par ses cris, a recommencé à beaucoup souffrir. Tout le monde l'encourage à pousser. Je me suis placée derrière elle pour qu'elle prenne appui sur moi. Elle hurle. J'ai mal pour elle, je ne sais pas comment l'aider. J'ai l'impression qu'en même temps qu'elle met au monde ce bébé, elle accouche de toute sa rage, de toute sa colère et de toutes les injustices subies.

Vingt minutes plus tard, une toute petite fille voit le jour.

On la pose sur le ventre de sa mère. Elle est couverte de sang et d'un liquide blanc un peu dégueu. Pourtant, elle est magnifique. Et ce n'est vraiment pas donné à tout le monde d'être magnifique dans de telles circonstances.

Je sors prévenir Lella, qui court annoncer la nouvelle à tout le village. Lorsque je retourne auprès de Souma, elle semble épuisée, mais elle a le sourire.

Deux heures plus tard à peine, nous sommes dans une petite chambre claire. Le bébé est calé contre la poitrine de sa maman. Souma n'a presque rien dit depuis que la petite est née. Les soins, l'agitation autour d'elle, le déménagement dans la chambre… Tout est calme, à présent. Je suis assise dans un fauteuil près du lit. C'est alors que Souma détache ses yeux de sa fille. Elle me fixe et se met à me parler de sa voix douce.

« Maintenant, je peux te raconter son histoire, Sofia… »

Elle se redresse doucement, en prenant soin de ne pas réveiller le bébé.

« J'avais décidé de quitter ma maison et mon pays depuis le jour où j'avais mis au monde Mustafa. Mais il m'a fallu du temps pour trouver le courage et élaborer un plan. Car je n'avais pas d'argent pour payer un passeur. J'ai réussi à avoir le nom d'un homme qui, m'avait-on dit, était prêt à aider les femmes comme moi. Je suis allée le rencontrer, en cachette. Et j'ai compris que mon corps serait le prix à payer pour avoir deux places sur son bateau… J'ai accepté, Sofia, me raconte-t-elle en pleurant. J'ai laissé cet homme me violer parce que c'était ma seule monnaie d'échange. Et puis j'ai attendu plus de quatre mois avant d'avoir à nouveau de ses nouvelles. Il a fini par tenir sa parole et par nous laisser embarquer. Il faut croire que, parfois, même les monstres sont dotés d'un minimum de conscience. Voilà. Ma fille est, et sera à jamais, notre billet pour la liberté. »

62

Maria

Franco n'arrête pas de pleurer de joie. Il a demandé à Raffaella de l'emmener dans le plus grand magasin de jouets de la région pour acheter une peluche géante avant d'aller voir Souma et sa petite fille à l'hôpital.

J'ai prévenu tous les clients de la bonne nouvelle. En quelques heures, mon comptoir est littéralement recouvert de paquets-cadeaux pour le bébé.

Ces derniers mois ont été si intenses… J'ai l'impression d'avoir appris à respirer de nouveau.

Adriano me regarde et semble fier de moi.

« Qu'est-ce que tu crois, *bello* ? Maria a fini par reprendre les commandes de sa vie. »

J'ai l'impression qu'il me répond avec un clin d'œil.

Ugo arrive avec son petit-fils.

« Tu vas finir par décrocher cette croûte un jour ?

— Fais très attention à la façon dont tu parles du portrait de cet immense artiste, Ugo, si tu ne veux pas que je te bannisse de mon bar ! Une boule chocolat, mon garçon ?

— Oui, Maria, sitoplé. »

Et hop, un peu de magie pour lui.

Don Aniello nous rejoint après l'office du soir.

« Tu voulais me voir, Maria ?…

— Oui, j'ai quelque chose à te demander.

— Je t'écoute.

— J'aimerais que tu célèbres une messe en l'honneur de Gennaro. Et je voudrais y assister, pour lui dire au revoir. Aujourd'hui, j'en ressens le besoin. Ce n'est pas pour Dieu, c'est pour moi. Tu comprends ?

— Je comprends… Et je pense que Dieu sera d'accord pour te prêter sa maison pour cela. »

Je rentre chez moi épuisée.

« Gennà, c'était une belle journée. Et ne fais pas cette tête : c'est pas parce que j'ai accepté que tu ne me répondes plus jamais que je vais arrêter de te parler ! »

63

Sofia

Amalfi

C'est la plus ancienne république maritime. Nombreux sont encore les bateaux qui à ses pieds s'inclinent.

Elle est comme le citron qui est si attaché à son image : colorée et parfumée.

Elle peut laisser un goût amer – lorsqu'il s'agira de trouver une place pour stationner –, mais on ne peut absolument pas passer à côté de tant de beautés.

Il y a le Dôme, incontournable, dédié à saint Andrea, qui domine la place centrale. Il y a, partout dans les ruelles, une odeur de limoncello. Il y a tous ces escaliers, le Museo della Carta, *si on veut comprendre comment on fabrique le papier.*

Et puis, pour le reste, il faut laisser la magie opérer. Se promener, juste flâner.

Voilà, je termine par celle qui a donné le nom à cette côte sublime. Amalfi la belle, la blanche, la divine.

C'était la dernière.

Merci, Jérôme, car, en t'envoyant ces cartes, j'ai découvert plusieurs choses. Tout d'abord que j'aimais écrire sur ma région, sur les lieux que j'aime, sur mon pays. En voulant te séduire toi, c'est moi que j'ai convaincue.

Je me suis rendu compte que tu ne méritais pas toute cette beauté, et, surtout, que tu ne me méritais pas moi non plus.

Alors j'espère t'avoir donné envie de découvrir ce à côté de quoi tu es passé. Mais cette dernière carte, qui était censée me redonner l'espoir d'un nous, est en fait une lettre de rupture me redonnant l'espoir d'un moi.

Belle route, Jérôme. Cette fois, je ne pleurerai pas. Luca avait raison. On ne pleure jamais de s'être débarrassé d'un blaireau.

Après avoir pris soin de retirer la dernière partie – que je ne destine qu'à Jérôme –, j'envoie l'ensemble des cartes à Benoît, avec une proposition : j'ai l'idée d'un miniguide sur l'Italie, en plusieurs tomes minces, par régions, sous forme de cartes postales : *Les Cartes postales de Sofia*. J'espère que l'idée lui plaira et qu'il en glissera un mot au prochain comité de lecture.

Et c'est le cœur bien plus léger que je pars avec mon frère rendre visite à Souma à l'hôpital.

Nous trouvons Lella et Franco au chevet de Souma. Mustafa est assis auprès de sa mère et découvre sa toute nouvelle petite sœur. « *BELLA !* » lui dit-il, comme une déclaration d'amour.

« Et alors, comment s'appelle cette petite fille? demande Luca.

— Loren. Elle s'appelle Loren, nous annonce Souma en me regardant. Pour que ta sœur et elle soient à jamais liées. »

ÉPILOGUE

Deux ans plus tard

Maria

C'est déjà la fin de l'été. Le village redevient calme, et les journées retrouvent leur routine. Dans une semaine, je fermerai le bar. Direction Barcelone ! Après le Maroc, puis la Grèce l'année dernière, je pars en Espagne cette fois.

La matinée est chaude. J'aperçois Luca, qui installe les parasols sur sa terrasse. Son compteur affiche deux cent quatre-vingts euros. Il y a donc vingt-huit repas qui attendent d'être servis gratuitement au restaurant In Sospeso. Ce garçon est un génie !

Sofia pianote sur son clavier.

« Tu repars quand, *nenné* ?

— Jeudi prochain. Trois jours dans les Pouilles pour finir mon troisième guide. Je vais te manquer ?

— Mais puisque je vous dis que personne n'a pété… proteste Ugo.

— Bien sûr ! Comment je fais sans toi pour les supporter, ces trois-là ? »

Souma et Lella surgissent avec leurs poussettes. Loren et Maria vont grandir ensemble, pour mon plus grand bonheur.

Je prends ma petite-fille dans les bras.

« Comment elle t'a habillée, ta mère, ce matin, mon pauvre bébé ? Elle a cru que c'était carnaval ?! »

Souma pouffe de rire et me demande un café. Elle est pressée : sa cliente arrive dans vingt minutes. Elle avale son *espresso* puis file déposer sa fille chez Mme de Rosa, qui est devenue sa nounou. Mais juste avant, comme chaque matin depuis plus d'un an, elle passe déposer un baiser à son amoureux.

Il faudrait tout un poème pour décrire ce que je vois dans les yeux de Luca lorsqu'il la voit approcher.

La terrasse finit par se vider. Je m'apprête à fermer le bar pour aller déjeuner lorsque j'entends un dernier client entrer pendant que je nettoie ma machine à café.

« Voilà donc le fameux bar Mamma Maria !... Et cette Maria, c'est toi ? »

Je crois rêver. Ce n'est pas possible ! Je ne peux pas me retourner. Je ne peux plus faire un mouvement. Comme si on m'avait transformée en statue. Je ne peux même plus respirer.

Je reconnaîtrais cette voix entre toutes les voix au monde.

« On m'a dit que c'est ici qu'était né l'Amalfitano. C'est mon cocktail préféré. Alors j'ai fait un peu de chemin pour venir rendre hommage à celle qui l'a inventé ! C'est joli ton bar, dis donc… Belle vue. Belle déco !… Et c'est vrai que je suis pas mal, sur cette photo. Mais si tu veux mon avis : ça gâche un peu. »

♪ La playlist de Maria ♪

« *Azzurro* » – Adriano Celentano
« *Il tuo bacio è come un rock* » – Adriano Celentano
« *Susanna* » – Adriano Celentano
« *L'emozione non ha voce* » – Adriano Celentano
« *Il ragazzo della via Gluck* » – Adriano Celentano
« *Il tempo se ne va* » – Adriano Celentano
« *Soli* » – Adriano Celentano
« *Un albero di trenta piani* » – Adriano Celantano
« *Acqua e sale* » – Adriano Celentano/Mina
« *Grazie, prego, scusi* » – Adriano Celentano
« *Gelosia* » – Adriano Celentano
« *Storia d'amore* » – Adriano Celentano
« *Pregherò* » – Adriano Celentano
« *Per averti* » – Adriano Celentano
« *L'arcobaleno* » – Adriano Celentano
« *Le stesse cose* » – Adriano Celentano
« *24 000 baci* » – Adriano Celentano
« *Una carezza in un pugno* » – Adriano Celentano
« *La coppia più bella del mondo* » – Adriano Celentano et Claudia Mori
« *Svalutation* » – Adriano Celentano
« *I want to know* » – Adriano Celentano
« *Confessa* » – Adriano Celantano
« *Impazzivo per te* » – Adriano Celentano

« *Furore* » – Adriano Celentano
« *La mezza luna* » – Adriano Celentano
« *Buona sera signorina* » – Adriano Celentano
« *Mamma Maria* » – Ricchi e poveri

Remerciements

serena_giuliano_ Serena Giuliano

Retrouvez les dates de dédicace sur : www. serenagiuliano.fr

Dans un monde idéal, en guise de remerciements, j'organiserais un *aperitivo* géant chez Maria.

Pour l'amadouer, je lui confierais : « Tu sais, j'ai parlé de ton bar dans mon roman, pour dire, à tous, combien on y est bien, combien c'est un endroit merveilleux », alors, fière, elle commencerait déjà à pousser les tables, à préparer les olives et les chips, et finirait par m'engueuler : « Ne reste pas plantée là, voyons ! Donne-moi donc un coup de main pour leur faire honneur et leur montrer à quel point tu as raison ! »

Le jour venu, je vous accueillerais, sourire aux lèvres et larmes aux yeux. Les haut-parleurs diffuseraient la chanson des Ricchi e Poveri qui m'a inspiré le titre du livre, et tout le monde se déhancherait au rythme de la musique.

Il y aurait une très grande table, pour mes lectrices et mes lecteurs, pour les libraires et les blogueurs. Pour tous ceux qui, dans leur boutique, dans leur salon, sur leur blog ou compte Instagram, ont fait une place à la jeune autrice que je suis. Je les remercierais d'avoir été si nombreux à m'accompagner depuis la sortie de *Ciao Bella*. Je leur dirais qu'à chacun de leurs messages sur les réseaux sociaux, à chacune de nos rencontres en librairie ou dans les salons du livre, j'ai pris un *shoot* d'amour, et que, depuis un an maintenant, je suis devenue complètement accro.

Ce sont ces mots, vos mots, qui m'ont donné envie d'écrire à nouveau, de traverser la France, et ce sont eux aussi qui m'ont éclairée lors de moments plus sombres, où le doute venait tambouriner à ma porte.

À côté de la grande table, il y en aurait une autre, plus petite, dressée avec soin, en terrasse, face à la mer. Et deux grands garçons – que j'appelle encore mes bébés – et mon mari y seraient assis, à siroter leurs verres. Je les imagine, sourire en coin, me regarder fêter ce nouveau chapitre de ma vie, de notre vie. Je trinquerais avec eux, tout en leur avouant que voir, tous les jours, sa maman, sa femme essayer de devenir romancière ne doit pas être chose facile, et que j'en suis consciente. Alors je les remercierais d'être si patients, d'avoir si bien géré sans moi (trop bien géré parfois, c'est un peu vexant). Vivre tout cela sans pouvoir rentrer à la maison et vous retrouver n'aurait pas la même saveur. Je vous aime tellement.

À côté d'eux, toute ma famille afficherait (un peu trop) fièrement sa joie, et peu après leur avoir demandé de se calmer, je prendrais le temps de remercier mon papa et mon frère de m'avoir supportée à la maison pendant l'écriture. De m'avoir nourrie, d'avoir cédé à mes (certains diront « nombreuses ») « lubies ». Je leur annoncerais qu'ils ont gagné, et que je reviendrai pour le prochain livre ! (Raf, je t'ai entendu souffler : « Oh non ! »)

À mes maman et belle-maman, j'exprimerais toute ma gratitude pour avoir pris le relais avec mes fils lors de mes multiples absences. Vous êtes des *nonne* géniales et, sans vous, tout serait vraiment vraiment compliqué !

À Zietta *e* Anna, je dirais *grazie. Grazie di essere esattamente come siete. Grazie per le canzoni urlate in macchina e perchè date senso alla parola « famiglia ».*

À Marghe, ma gentille belle-sœur dont les compétences en droit m'ont été précieuses, je crierais un grand : *« Grazie mille, avvocà ! »*

Ce serait ensuite le moment de me rendre à la table la plus bruyante, celle de mes amies évidemment. Comment résister à l'envie de m'asseoir avec elles ? Je les imagine si bien chez Maria, elle les adorerait. Ça chanterait (faux), ça danserait (de façon conceptuelle) sur la chaise. J'aurais forcément du mal à attirer leur attention et je serais sûrement obligée de prendre ma grosse voix (et ça peut être assez impressionnant, je vous assure), puis un ton solennel.

À Virginie Grimaldi, je dirais merci. Ou plutôt merciHAN, car elle « avait les mots, m'a rendue accro, je voyais déjà l'avenir dans ses bras ». Il serait trop long de détailler ici tout ce que tu m'apportes au quotidien (et je viens d'écrire un roman, je suis un peu crevée là). J'essaie de te le rendre, à ma façon, en te mettant des chansons pourries dans la tête et en te faisant faire n'importe quoi, même – surtout – quand tu m'assures qu'il en est hors de question. J'espère que tu apprécies l'effort, toi qui es mon autre. Je t'aime.

À Sabrina et Steph, je lèverais mon verre parce qu'elles sont l'allégorie de l'amitié. Parce qu'elles sont là, la nuit, le jour, quand je pars et lorsque je reviens.

Soutien sans faille et piliers solides de ma vie. Merci pour votre amour, vos conseils, votre indéfectible support. Tchin, mes amies.

À mes deux autres *bertiti*, Sophie Henrionnet et Cynthia Kafka, je verserais une petite coupette de champ' pour leur relecture, leurs mots exaltants, leur douce folie.

À Adeline, Anais, Solenn, Jessica Cymerman, Marj, Marie Vareille, mes premières lectrices, je dirais merci pour les encouragements et la bienveillance.

À la table du cherche midi – qui aurait commencé à faire la fête sans moi, je n'en ai aucun doute –, j'irais tout d'abord embrasser Benoit André. Et alors je lui déverserais un flot de paroles : « Je t'ai mis à cette table, mais la vérité, c'est que tu aurais eu toute ta place à celle de mes amies (j'ai voulu te préserver, c'est un vrai bordel, t'aurais eu mal à la tête au bout de deux minutes). Tu as été, depuis *Ciao Bella*, un mix entre ange gardien, doudou rassurant, agenda humain, oreille attentive, épaule solide. Meilleur compagnon d'aventure, meilleur partenaire sur la piste de danse. Tu as supporté les sautes d'humeur, les phases de doute et les (certains rediront "nombreux") "moments de folie". On devrait t'ériger une statue (à côté de celle de mon mari). »

À Noëlle et Delphine, j'aurais envie de dire merci, tout d'abord, pour leur douceur, puis pour leur travail tout en délicatesse. Mesdames, vos conseils fins et avisés sont comme des broderies, ils rendent mes mots plus jolis, et je me sens immensément chanceuse de pouvoir bénéficier de votre talent à toutes les deux.

À Catherine et toute l'équipe de cette belle maison d'édition qui m'accompagne depuis le début de l'aventure, je lèverais mon verre pour leur confiance, leur enthousiasme, et tous les bons moments que nous avons vécus et que nous allons vivre encore, j'en suis certaine.

Je rejoindrais ensuite les visages familiers de ces belles personnes accoudées au comptoir – toute l'équipe du Janis. Le Janis est un petit bar au cœur de mon village en Italie, qui a été, vous vous en doutez, une source d'inspiration intarissable. Ils ne le savent pas mais, chaque jour, pendant l'écriture, tous m'ont apporté, en plus des boissons et des gâteaux, les idées sur un plateau. Ce serait l'occasion de leur dire que je leur dois beaucoup. Merci à Giovanni de m'avoir fait goûter (très souvent) à l'Amalfitano (je voulais être sûre de moi avant de vous vanter ce cocktail, vous comprenez). Merci aussi à tous les habitués de cet endroit merveilleux que j'ai plaisir à retrouver chaque fois que je reviens chez moi. Merci aux copains d'une vie qui, malgré les routes si différentes que nous avons empruntées, feront toujours en sorte de se joindre à moi au bar pour une partie de scopa.

À la fin de la soirée, assise sur la plage et un peu ivre de bonheur, pendant que « *L'arcobaleno* » de Celentano nous bercerait, la lune et moi, je verrais ma *nonna* approcher pour poser son châle sur mes épaules. Ce serait sa façon à elle de me confier qu'elle prendra toujours soin de moi, et je l'embrasserais pour lui dire combien je lui suis reconnaissante de le faire…

Mais nous ne sommes, hélas, pas dans un monde idéal, le Mamma Maria n'existe que dans mon cœur (et désormais un peu dans le vôtre, je l'espère), ma *nonna* n'est plus là, et moi, sans elle, j'ai un peu froid.

Alors je me contente de lever mon verre virtuellement, à vous tous, et la gorge un peu nouée par l'émotion et par l'envol que prennent tous ces personnages que j'aime tant, je vous dis, du fond du cœur : *Grazie e salute !*

Imprimé en France par

Maury Imprimeur
à Malesherbes (Loiret)
en mars 2021

POCKET - 92 avenue de France, 75013 PARIS

N° d'impression : 252347
S31288/01